LE LABYRINTHE

LE DESTIN DE NEWT

L'auteur

James Dashner est né aux États-Unis en 1972. Après avoir écrit des histoires inspirées du *Seigneur des anneaux* sur la vieille machine à écrire de ses parents, il a suivi des études de finance. Mais, très vite, James Dashner est revenu à sa passion de l'écriture. Aujourd'hui, dans les montagnes où il habite avec sa femme et ses quatre enfants, il ne cesse d'inventer des histoires inspirées de ses livres et de ses films préférés.

Du même auteur chez Pocket Jeunesse

Le Labyrinthe

1. *Le Labyrinthe*
2. *La terre brûlée*
3. *Le remède mortel*
4. *Avant le Labyrinthe – L'ordre de tuer*
5. *Avant le Labyrinthe – La Braise*

Le jeu du maître

1. *La partie infinie*
2. *La révolution*
3. *Fin de partie*

JAMES DASHNER

LE LABYRINTHE

LE DESTIN DE NEWT

Traduit de l'anglais (États-Unis)
par Guillaume Fournier

POCKET JEUNESSE
PKJ·

Directeur de collection :
Xavier d'Almeida

Titre original :
Crank Palace

Publié pour la première fois en 2020
par Riverdale Avenue Books, USA

Loi n° 49-956 du 16 juillet 1949 sur les publications
destinées à la jeunesse : mai 2021.

ISBN 978-2-266-31791-7

Dépôt légal : mai 2021

Première partie

BIENVENUE DANS LE QUARTIER

1

« Et voilà, ils s'en vont. »

Le nez collé au hublot crasseux du berg, Newt regarda le petit groupe s'éloigner vers le portail imposant qui barrait l'accès à l'une des rares entrées de Denver. Les gratte-ciel de la ville, éventrés mais toujours debout, étaient entourés d'un formidable rempart de ciment et d'acier, percé seulement de quelques checkpoints comme celui que les amis de Newt s'apprêtaient à emprunter. À *tenter* d'emprunter. Quand on voyait le mur gris, les boulons de fer, les soudures et les charnières de la porte, on ne pouvait s'empêcher de penser au Labyrinthe, où cette folie avait commencé. Littéralement.

Ses amis.

Thomas.

Minho.

Brenda.

Jorge.

Newt avait traversé plusieurs épreuves douloureuses dans sa vie, mais celle-là était probablement la pire. Tommy et les autres le quittaient pour de bon… Il ferma les yeux, accablé de chagrin. Des larmes s'échappèrent de ses paupières closes et roulèrent sur ses joues. Il avait le souffle court, laborieux, la poitrine dans un étau. Au fond de lui, il aurait bien voulu changer d'avis, répondre à l'appel du cœur et courir rejoindre ses amis ; il pourrait chercher Hans avec eux, se faire retirer son implant et accepter ce que le sort lui réserverait ensuite.

Mais il avait pris sa décision, si fragile soit-elle. Pour une fois dans sa vie il allait faire le bon choix, oublier sa petite personne et penser plutôt aux autres. Il épargnerait sa maladie aux habitants de Denver et n'imposerait pas son agonie à ses amis.

Sa maladie.

La Braise.

Il la détestait de tout son cœur. Il détestait ceux qui s'employaient à lui trouver un remède. Il détestait le fait de n'être pas immunisé contre elle alors que ses meilleurs amis l'étaient. Tout cela bouillonnait, faisait rage sous son crâne. Il savait qu'il était en train de perdre la raison, comme tous ceux qui contractaient le virus, et ne pouvait plus se fier à ses pensées ni à ses sentiments. Pareilles circonstances auraient suffi à le rendre fou si le processus n'était pas déjà enclenché. Toutefois, tant qu'il lui restait une lueur de lucidité, il devait agir. S'activer, avant que ces cogitations déprimantes ne l'achèvent plus sûrement encore que la Braise.

Il ouvrit les yeux, sécha ses larmes.

Tommy et les autres avaient franchi le checkpoint. La porte s'était refermée derrière eux, l'empêchant de voir la suite. Il se détourna du hublot et inspira plusieurs fois à fond pour refouler l'angoisse qui menaçait de le submerger.

« Je vais y arriver, se dit-il. Pour eux. »

Il se leva et courut jusqu'à sa couchette. Il fourra ses maigres possessions dans un sac à dos : de l'eau, quelques provisions et un couteau qu'il avait volé à Thomas, en souvenir. Puis son bien le plus précieux : un journal intime et un feutre qu'il avait dénichés dans un placard du berg. Le journal, quoiqu'un peu défraîchi, était vierge quand il l'avait découvert ; lorsqu'il l'avait feuilleté, ses pages avaient fait le même bruit que le battement d'ailes d'un oiseau. Un pauvre diable embarqué pour Dieu savait quelle destination à bord de cet amas de métal avait sans doute prévu d'y relater son quotidien, avant de se dégonfler. Ou de mourir. Newt avait aussitôt décidé d'y consigner sa propre histoire, dans le plus grand secret. D'abord pour lui. Et peut-être pour d'autres, un jour.

Le mugissement d'un klaxon retentit à l'extérieur de l'engin, faisant sursauter Newt, qui se jeta sur son lit. Le cœur battant, il s'efforça de retrouver son calme. La Braise le rendait nerveux, aussi prompt à se fâcher qu'à éclater en sanglots. Et les choses ne feraient qu'empirer… En fait, cette saleté commençait vraiment à lui ronger le cerveau. Fichu virus. Il aurait voulu qu'il s'agisse d'une personne à qui il aurait pu défoncer le crâne.

Le bruit s'interrompit au bout de quelques secondes, suivi d'un silence d'outre-tombe. C'est ce silence qui fit prendre conscience à Newt qu'auparavant il entendait des gens dehors, qui tenaient des propos sans queue ni tête. Des fondus. Il devait y en avoir tout autour des remparts, que la folie poussait à tenter d'entrer. Désespérément avides de nourriture, comme les animaux qu'ils étaient devenus.

Comme celui qu'il deviendrait très bientôt.

Sauf qu'il avait un plan, non ? Et même plusieurs, en fonction des circonstances. Ils avaient tous un dénouement identique, évidemment. Seule différait la manière d'y parvenir. Il tiendrait le temps nécessaire pour écrire ce qu'il avait besoin de confier à ce journal. Ce petit carnet aux pages vierges lui avait offert un but, une étincelle d'espoir, un chemin sinueux pour donner sens aux derniers jours de son existence. Il laisserait une trace dans ce monde. Un ultime témoignage avant que la raison l'abandonne.

Il ignorait à quoi correspondait ce coup de klaxon, d'où il venait ou pourquoi on n'entendait subitement plus aucun bruit à l'extérieur. Et il n'avait pas envie de le savoir. Toutefois, une voie venait peut-être de s'ouvrir devant lui. Il ne lui restait plus qu'à trouver comment faire ses adieux à Thomas et aux autres. Comment clore le chapitre. Il avait déjà rédigé un bref message déprimant à l'intention de Tommy. Il pouvait aussi bien en écrire un autre.

Newt décida que son journal n'en pâtirait pas s'il lui arrachait une page. C'est donc ce qu'il fit et, le feutre à la main, il hésita, comme s'il avait brusquement oublié ce qu'il voulait écrire. Il soupira avec une grimace agacée. Impatient de quitter ce berg, de s'éloigner au plus vite avant que la situation se détériore, il griffonna hâtivement les premiers mots qui lui vinrent à l'esprit.

Ils ont réussi à entrer. Ils vont m'emmener vivre avec les autres fondus.

C'est mieux comme ça. Merci pour votre amitié.

Salut

Ce n'était pas totalement exact, mais en repensant au klaxon et au remue-ménage qu'il avait entendus dehors il songea qu'il ne devait pas être loin de la vérité. Ce message était-il suffisamment bref et définitif pour dissuader ses amis de se lancer à sa recherche ? Les convaincre qu'il n'y avait plus d'espoir pour lui et qu'il ne ferait que les ralentir ? Et qu'il ne voulait pas qu'ils le voient se transformer en cannibale agressif et délirant ?

Peu importait désormais. D'une façon ou d'une autre, il allait disparaître.

Afin d'accroître leurs chances de réussir en supprimant un obstacle.

En supprimant Newt.

2

Les rues étaient plongées dans le chaos le plus complet. Tout était sens dessus dessous.

Mais ce n'était pas le plus effrayant. Ce qui faisait peur, c'était l'impression de *normalité* qui se dégageait de l'ensemble, comme si le monde avait tendu vers ce moment depuis l'instant où sa surface rocheuse s'était refroidie pour la première fois. On reconnaissait encore le tracé de la banlieue dans ces ruines crasseuses, ces immeubles et ces maisons aux vitres cassées, aux murs lépreux. Le sol était jonché de détritus, à croire qu'ils étaient tombés en pluie d'un trou dans le ciel ; il y avait aussi des carcasses de véhicules incendiés, des mauvaises herbes et des arbres qui poussaient un peu partout. Et le pire, c'étaient les fondus qui déambulaient dans les rues, les ruelles et les allées comme si les vendeurs d'un grand marché d'hiver étaient sur le point de crier : « Tout à moitié prix ! »

La vieille blessure de Newt s'était réveillée, le faisant boiter encore plus que d'habitude. Il trébucha jusqu'à un coin de rue et s'assit lourdement sur un poteau dont la présence à cet endroit resterait toujours un mystère. Curieusement, les mots « marché d'hiver » l'avaient déconcerté. Et il ne comprenait pas pourquoi. Même si on avait effacé tous ses souvenirs depuis longtemps, sa mémoire fonctionnait de manière étrange. Les autres et lui se rappelaient une foule de choses qu'ils n'avaient jamais vues ou connues, comme les avions, le football, les rois et les reines, la télé… Comme si l'Effacement était une petite machine qu'on leur avait introduite dans le cerveau pour en extraire uniquement les souvenirs spécifiques qui faisaient d'eux ce qu'ils étaient.

Or, pour une raison indéterminée, cette notion de marché d'hiver, cette image qui s'était imposée à lui alors qu'il contemplait les scènes d'apocalypse qui l'entouraient, était différente. Ce n'était pas un vestige de l'ancien monde dont il se serait souvenu par simple association d'idées. Non. C'était…

« Nom de Dieu », pensa-t-il. C'était un vrai souvenir.

Il regarda autour de lui en s'efforçant de comprendre, et vit des fondus plus ou moins atteints aller et venir au milieu des rues, des parkings et des arrière-cours. On pouvait être sûr que tous ces gens étaient infectés, quels que soient leurs agissements ou leur comportement, sinon que feraient-ils là, en plein air ? Certains bougeaient encore de façon relativement normale, comme lui ; ils devaient en être aux premiers stades de la maladie et conservaient encore l'essentiel de leurs fonctions cognitives. Il aperçut une famille assise dans l'herbe, en train de dévorer des restes de nourriture trouvés dans les poubelles, sous l'œil vigilant de la mère armée d'un fusil à pompe ; une femme adossée contre un mur de béton, les bras croisés, qui sanglotait – on lisait le désespoir dans ses yeux, mais pas de folie, pas encore ; des petits groupes de personnes discutaient à voix basse, observant le chaos environnant, tâchant probablement d'élaborer des plans pour une existence qui n'avait plus rien de désirable.

D'autres, manifestement plus touchés, affichaient un comportement erratique, instable. Un homme qui traversait un carrefour en tenant sa fille par la main, comme s'il l'emmenait au parc ou dans un magasin pour lui acheter des bonbons, s'arrêta soudain au milieu de la rue, lâcha la main de la fillette et la regarda d'un air confus avant de se mettre à geindre et à pleurnicher comme un enfant. Une femme qui mangeait une banane – où diable avait-elle déniché une foutue banane ? – s'interrompit entre deux bouchées, jeta le fruit par terre et le piétina furieusement comme un rat qu'elle aurait surpris dans la poussette de son bébé.

Et bien sûr, il y avait ceux qui étaient manifestement au bout du rouleau, qui avaient sans l'ombre d'un doute franchi cette ligne étroite qui séparait l'humain de l'animal, qui distinguait les hommes des fauves. Une ado d'une quinzaine d'années, allongée sur le dos au milieu de la chaussée, bredouillait des propos sans queue ni tête en se grignotant les phalanges avec de petits gloussements, le visage éclaboussé de sang. Non loin de là, un homme se tenait accroupi au-dessus d'une carcasse de poulet à la chair rose et pâle. Il n'y touchait pas, pas encore, mais coulait des regards anxieux à droite et à gauche, visiblement prêt à sauter sur le premier qui tenterait de lui voler son repas. Plus loin dans la rue, quelques fondus s'écharpaient comme une meute de loups, se lacéraient, se déchiquetaient avec leurs dents, leurs ongles, tels des gladiateurs qu'on aurait lâchés dans l'arène en leur disant qu'un seul d'entre eux en sortirait vivant.

Newt baissa les yeux sur le trottoir. Il fit glisser son sac de ses épaules et le serra fort entre ses bras. Il sentait à l'intérieur les angles durs d'un lanceur qu'il avait récupéré parmi les armes de Jorge à l'intérieur du berg. Il ne savait pas quel était son niveau de charge mais l'avait emporté par précaution. Et puis il avait toujours son couteau dans la poche de son jean, une bonne lame, qui lui serait utile au cas où il devrait se battre au corps à corps.

Mais voilà ce qui le chiffonnait. Il s'en était déjà fait la réflexion plus tôt, tout ce qu'il voyait autour de lui était devenu la nouvelle norme, et il ne parvenait pas à comprendre pourquoi il n'était pas terrifié. Il n'éprouvait pas de peur, ni même d'appréhension, pas la moindre envie de s'enfuir loin, très loin. Combien de fois avait-il croisé d'autres fondus depuis son évasion du Labyrinthe ? Combien de fois avait-il failli mouiller son pantalon rien qu'en les voyant ? Certes, il était l'un d'entre eux désormais et serait bientôt aussi fou qu'eux. Peut-être était-ce cela qui étouffait ses craintes. À moins que ce ne fût la folie elle-même qui annihilait ses instincts les plus humains.

Et puis, d'où sortait cette histoire de marché d'hiver ? La Braise serait-elle en train d'annuler l'Effacement auquel l'avait soumis le WICKED ? Fallait-il y voir un signe qu'il arrivait au bout du rouleau ? Il avait déjà ressenti le désespoir le plus cruel qui soit en tournant définitivement le dos à ses amis. Si des souvenirs de sa vie d'avant, ou de sa famille, commençaient à lui revenir, il doutait d'avoir la force de le supporter.

Heureusement, un grondement de moteurs vint l'arracher à ses ruminations de plus en plus déprimantes. Trois camions apparurent au coin d'une rue qui menait hors de la ville, trois véhicules gigantesques de douze à quinze mètres de long, aussi hauts que larges, lourdement blindés, aux vitres teintées renforcées par des barreaux en acier. Leurs pneus seuls étaient plus grands que Newt, et il les contempla avec fascination, se demandant, effaré, à quoi il était sur le point d'assister.

Les trois camions klaxonnèrent tous à la fois, dans un fracas dévastateur qui lui déchira les tympans. C'était le bruit qu'il avait entendu depuis l'intérieur du berg. Certains fondus autour de lui, encore suffisamment lucides pour reconnaître le danger, s'enfuirent à la vue des monstres sur roues. Mais la plupart n'y prêtèrent pas attention et restèrent sur place à les regarder, comme Newt, aussi curieux qu'un nouveau-né qui verrait de la lumière et entendrait des voix pour la première fois. Lui avait au moins l'avantage de se trouver loin et d'avoir un tas de gens entre les nouveaux arrivants et lui. Ne se sentant pas directement menacé, il observa la scène, ouvrant tout de même la fermeture éclair de son sac à dos pour poser la main sur le métal froid de son lanceur.

Les camions s'immobilisèrent et le vacarme assourdissant de leurs klaxons cessa brusquement, tel un écho brisé net. Des hommes et des femmes descendirent des cabines, vêtus en noir et gris de la tête aux pieds, certains avec une chasuble rouge par-dessus leur cuirasse, coiffés de casques étincelants. Tous tenaient des armes à long manche auprès desquelles le lanceur de Newt ressemblait à un jouet. Une dizaine d'entre eux se mirent à tirer au hasard sur la foule, visant tous ceux qui bougeaient. Newt ne connaissait pas les armes dont ils se servaient, des éclairs fusaient de leurs canons avec un bruit qui lui rappela Poêle-à-frire, quand il martelait avec son bâton le bout de métal tordu qu'ils avaient trouvé dans un coin du Bloc. Pour prévenir tout le monde que son dernier festin ne demandait plus qu'à être dévoré. Une sorte de « bang » sonore qui résonnait jusque dans ses os.

Ils ne cherchaient pas à tuer les fondus, seulement à les étourdir, à les paralyser temporairement. Beaucoup de leurs victimes criaient ou gémissaient en s'écroulant sur le sol, et continuaient à le faire tandis que les soldats les traînaient sans ménagement vers les grandes portes à l'arrière des camions. Quelqu'un les avait ouvertes pendant que Newt regardait ailleurs, et, à l'intérieur, on apercevait une cellule de détention. Les soldats avaient dû manger beaucoup de viande rouge et boire beaucoup de lait parce qu'ils soulevaient les corps flasques des fondus et les balançaient dans les entrailles des camions comme de vulgaires bottes de foin.

— Qu'est-ce que tu fiches ? s'agaça une voix dans son dos une balle de foin pèse dans les 300 kg, une botte dans les 10 kg.

Newt poussa une exclamation de frayeur, si forte qu'il fut convaincu que les soldats allaient lâcher tout ce qu'ils étaient en train de faire pour se ruer sur lui. Il pivota et découvrit une jeune femme accroupie, partiellement masquée par le poteau, qui serrait un gamin dans ses bras. Un petit garçon de trois ans environ.

Pris au dépourvu, Newt sentit son cœur s'emballer pour la première fois depuis qu'il était sorti du berg, malgré toutes les horreurs qui l'entouraient. Il ne sut pas quoi répondre.

— Tire-toi, continua l'inconnue. Ils vont rafler tout le monde aujourd'hui. Tu roupilles, ou quoi ?

Newt secoua la tête, se demandant pourquoi cette femme prenait le temps de s'inquiéter pour lui si elle était si impatiente de s'enfuir. Il chercha quelque chose à dire et une question émergea dans le brouillard de ses pensées.

— Où est-ce qu'ils les emmènent ? Je crois que j'ai survolé un endroit, dans le ber... Enfin, je veux dire que j'ai entendu parler d'un endroit où on enferme les fondus. C'est ça ?

Elle cria pour se faire entendre au milieu du vacarme.

— Peut-être. Sûrement. Ils l'appellent l'Hôtel des Fondus.

La jeune femme avait les cheveux noirs, la peau sombre, les yeux marron. Si elle n'avait pas l'air en meilleure forme que Newt, elle avait cependant un regard clair où se lisait de la douceur. Le petit garçon, les yeux fermés, se cramponnait de toutes ses forces au cou de sa mère, complètement terrorisé.

— Apparemment, reprit-elle, il y a des gens immunisés contre la Braise... (Le mot « immunisés » fit tiquer Newt mais il ne dit rien.) Certains de ces Immunes sont assez altruistes, stupides ou grassement payés pour s'occuper des fondus dans cet hôtel jusqu'à ce que... tu sais, jusqu'à ce qu'il n'y ait plus rien à faire. Néanmoins, j'ai cru comprendre que les lieux étaient saturés et que le projet tout entier allait être abandonné. Ça ne m'étonnerait pas que la rafle d'aujourd'hui se termine plutôt du côté des fosses à braises.

Elle prononça ces derniers mots comme si n'importe quel individu encore à moitié sain d'esprit savait de quoi il s'agissait. L'image paraissait appropriée pour leur nouveau monde.

— Les fosses à braises ? répéta-t-il.

— D'où vient la fumée qui plane en permanence au-dessus des quartiers est, à ton avis ? (Sa réponse disait tout, même si Newt n'avait remarqué aucune fumée.) Bon, tu viens avec nous, oui ou non ?

— Je viens, répondit-il sans réfléchir.

— À la bonne heure. J'ai perdu le reste de ma famille et ton aide serait la bienvenue.

Derrière cette déclaration brutale, il reconnut une motivation intéressée, ce qui le rassura ; sans cela, il aurait soupçonné un piège. Il ouvrit la bouche pour poser une question, peut-être lui demander qui elle était et où elle comptait aller, mais elle avait déjà tourné les talons et s'éloignait au pas de course des camions dans lesquels les soldats continuaient d'enfourner les fondus dont les gémissements et les cris d'angoisse évoquaient ceux d'enfants à l'agonie.

Newt hissa son sac sur ses épaules, resserra les sangles et sentit le lanceur lui rentrer dans le dos. Puis il s'élança dans le sillage de sa nouvelle amie et du petit garçon agrippé à elle.

3

L'inconnue avait plus d'énergie qu'un coureur du Labyrinthe, et pourtant ces gars-là sillonnaient les couloirs, les allées et les canyons de ce dédale du matin au soir. Newt, pour sa part, avait perdu la forme. Il respirait avec difficulté, comme si quelqu'un avait aspiré tout l'oxygène au-dessus de Denver. Sa patte folle ne l'aidait pas, évidemment. Il avait dû parcourir un kilomètre et demi lorsqu'il apprit enfin le nom de son accompagnatrice.

— Keisha, déclara-t-elle alors qu'ils faisaient une pause pour souffler dans un quartier désert, sous les branches mortes d'un érable.

Elle se pencha, la respiration sifflante, pour poser le garçon à terre afin de soulager ses bras. Elle était humaine, en fin de compte, songea Newt, rassuré.

— Mon gamin s'appelle Dante. Tu as peut-être remarqué qu'il ne parle pas beaucoup… eh bien, c'est comme ça. Qu'est-ce que j'y peux, hein ? Et, oui, on lui a donné ce nom à cause du poème.

« Quel poème ? » faillit demander Newt. Il n'avait pas la moindre idée de ce dont elle parlait, même s'il avait la sensation qu'un vague souvenir frappait à la porte de sa mémoire. Peut-être l'avait-il su avant l'Effacement. Il se demanda ce qui n'allait pas chez le petit pour qu'il ne parle pas. Était-il traumatisé ? Handicapé ? Ou simplement timide ? Il aurait bien aimé connaître leur histoire à tous les deux mais ne voulait pas se montrer indiscret.

— Le poème qui évoque les neuf cercles de l'Enfer… l'encouragea Keisha, se méprenant sur son hésitation. On ne devait pas lire beaucoup, par chez toi, hein ? Dommage. Tu as raté quelque chose. C'est un chef-d'œuvre.

Newt était aussi certain d'avoir lu des livres qu'il l'était d'avoir mangé de la nourriture et bu de l'eau avant qu'on lui efface la mémoire. Toutefois, il ne se souvenait d'aucun en particulier, et cela l'emplit d'une immense tristesse.

— Pourquoi avoir appelé ton fils Enfer ? demanda-t-il, uniquement pour tenter de détendre l'atmosphère.

Keisha s'assit à même le sol et embrassa son petit Dante. Newt s'attendait à un gamin insupportable, toujours en train de brailler à pleins poumons. Or jusqu'à présent, il n'avait pas même poussé un cri.

— On ne l'a pas appelé Enfer, tu es bête ou quoi ? rétorqua Keisha sans méchanceté. On lui a donné le nom du type qui l'a décrit. Qui l'a saisi à bras-le-corps et se l'est approprié.

Newt hocha la tête, les lèvres pincées, tâchant de paraître impressionné sans avoir à mentir.

— Je sais, c'est idiot, reconnut Keisha en voyant son expression. On avait peut-être un peu trop bu.

Newt s'accroupit à côté d'elle, s'efforçant d'avaler discrètement de grandes goulées d'air.

— Pas de souci, dit-il. C'est ainsi que vont les choses ces temps-ci.

Il tendit le bras et pinça gentiment la joue de Dante en lui faisant un sourire. À sa grande surprise, le gamin lui sourit en retour, dévoilant de petites dents perlées dans la lumière de l'après-midi.

— On dirait qu'il t'aime bien, fit observer Keisha. C'est-y pas mignon ? Félicitations, tu es son nouveau papa.

D'accroupi qu'il était, Newt se retrouva sur les fesses.

Keisha eut un rire aussi gai qu'un chant d'oiseau.

— Relax ! Je plaisantais, et puis tu ne me parais pas vraiment taillé pour le rôle. Ça ne fait rien. Nous serons tous fous à lier dans moins d'un mois de toute manière.

Newt lui adressa un sourire qu'il espérait naturel. Une petite brise chassa quelques feuilles mortes devant eux et fit cliqueter les branches au-dessus de leurs têtes. Il entendit des voix et des cris au loin, portés par le vent, pas suffisamment proches pour s'en inquiéter. Ils n'avaient sans doute rien à craindre dans l'immédiat.

Il prit son courage à deux mains et posa la question qui lui brûlait les lèvres :

— Tu m'as dit que tu avais perdu ta famille. Vous étiez beaucoup ?

— Ah ça, oui, mon ami aux cheveux soyeux, dit-elle avec une grande tristesse. Mon mari. Deux sœurs. Un frère. Mon vieux père. Mes oncles, mes tantes, mes cousins et cousines. Et mon autre… mon autre…

À ce stade, elle cessa de faire comme si le monde était encore un endroit dans lequel on pouvait appeler quelqu'un son « ami aux cheveux soyeux ». Son visage se décomposa, elle baissa la tête d'un air accablé et de grosses larmes roulèrent sur ses joues. Ses épaules se mirent à trembler, secouées de sanglots silencieux.

— Tu n'es pas obligée de me répondre, s'empressa de dire Newt. (La réponse était claire comme de l'eau de roche : elle avait perdu un enfant. Le pauvre Dante n'avait pas toujours été fils unique.) Je… je suis désolé de t'avoir demandé ça.

« Espèce de crétin », se dit-il. Il connaissait cette femme depuis moins d'une heure.

Elle renifla bruyamment, puis releva la tête vers lui en essuyant ses larmes.

— Non, ça va, dit-elle sur un ton monocorde, empreint de nostalgie. En revanche, promets-moi un truc. Ne me demande jamais – jamais, tu m'entends ? – comment je les ai perdus. Même si on survit assez longtemps pour arriver à bien se connaître. D'accord ? S'il te plaît.

Elle leva sur lui des yeux brillants de larmes. Il n'en avait pas vu d'aussi tristes depuis le dernier regard que lui avait lancé Chuck à l'extérieur du Labyrinthe.

— D'accord, tu as ma parole, dit-il. On n'a pas besoin d'en parler. Je n'aurais pas dû aborder la question.

Keisha secoua la tête.

— Arrête, pas la peine de t'excuser. Tant que tu ne me demandes pas… tu sais quoi… tout ira bien.

Newt hocha la tête, souhaitant égoïstement pouvoir disparaître comme par magie et clore cette conversation gênante. Il observa Dante qui restait assis bien sagement à regarder sa mère comme s'il se demandait ce qu'elle avait. Peut-être n'était-il pas assez vieux pour se rappeler les horreurs qui avaient décimé ceux et celles avec qui il avait des liens du sang.

— C'est quoi, ton plan, à propos ? l'interrogea Keisha au bout d'une minute ou deux. Je ne te demande pas de me raconter ta vie – je serais mal placée –, mais pourquoi restais-tu planté là sans rien faire en attendant que ces salopards viennent t'embarquer ?

— Je… J'ai appris récemment que j'avais cette foutue Braise, et je ne supportais pas l'idée que mes amis me voient me transformer en fou furieux. Ou que je risque de leur faire du mal. Alors je suis parti. Sans dire au revoir. Enfin, je leur ai laissé un mot pour leur expliquer que j'allais vivre avec les infectés, dans cet Hôtel des Fondus, j'imagine, l'endroit dont tu m'as parlé. Oh, et j'ai aussi écrit à mon meilleur ami pour lui demander de me tuer si je devenais complètement cinglé, et…

Il s'interrompit en se rendant compte qu'elle le dévisageait avec de grands yeux, où ne brillait plus aucune larme.

— Trop d'informations d'un coup ? suggéra-t-il.

Elle acquiesça lentement.

— Beaucoup trop. Je ne sais même pas par où commencer. Est-ce que je devrais m'inquiéter ? Tu ne vas pas essayer de me manger le bras, au moins ? Ou de dévorer mon gamin ?

Elle eut un petit rire forcé qui donna envie à Newt de rentrer sous terre.

— Désolé. Je… je n'en sais rien. Ça ne va pas fort, j'en ai peur.

— Oui, c'est pareil pour tout le monde. Mais quand même… Ça soulève un tas de questions. Celle-ci, d'abord : tu n'as pas contaminé tes amis ? Tu t'es enfui de Denver, ou quoi ?

Il secoua la tête.

— Non, non. C'est une longue histoire.

Il ne se sentait pas prêt à raconter à qui que ce soit tout ce qu'il avait enduré, ni la manière cruelle dont on l'avait jeté au milieu d'un groupe immunisé contre le virus. À quoi bon ? Tous ces gens et lui seraient bientôt morts ou en passe de l'être.

— D'accord, dit lentement Keisha, comme si elle s'adressait à un enfant qui racontait n'importe quoi. (Elle devait avoir une longue expérience dans ce domaine.) Voyons si on peut pêcher un autre poisson…

— Pêcher un autre… quoi ?

Elle lui lança un regard de reproche.

— Il va falloir t'habituer à ma façon de parler, jeune homme.

Il faillit protester de nouveau – elle devait avoir à peine dix ans de plus que lui – et se ravisa en la voyant accentuer son froncement de sourcils.

— Maintenant écoute-moi, et écoute-moi bien. Qu'est-ce qui te prend, au nom du ciel, de parler d'aller vivre avec les infectés dans l'Hôtel des Fondus ? Je sais qu'on est en train de devenir dingos, sauf qu'on n'en est pas encore là. Du moins je n'en ai pas l'impression. Si tu tiens vraiment à te rendre là-bas, c'est que tu étais déjà cinglé longtemps avant d'avoir la Braise. Ne me ressors jamais un truc aussi stupide.

Elle aurait sans doute pu continuer un bon bout de temps sur sa lancée, mais ce fut son tour de s'interrompre en le voyant ouvrir de grands yeux.

— Quoi ? demanda-t-elle. Tu ne me crois pas ?

Newt bafouilla quelques mots sans queue ni tête avant de parvenir à formuler une réponse cohérente.

— Je voulais surtout m'éloigner de mes amis avant de perdre complètement la boule. N'empêche que c'est peut-être la meilleure solution. D'être avec les autres contaminés. D'abord, ils ont peut-être un toit et de quoi manger, et puis on serait dans le même bateau. (Il ne croyait pas un mot de ce qu'il était en train de raconter.) Quel autre choix j'ai ? M'installer dans une ferme et élever du bétail pour nourrir ces enfoirés à Denver ?

— Élever du bétail pour… (Keisha secoua la tête, confondue par tant de bêtise.) Écoute, je vais devoir te traiter comme si tu étais mon troisième gosse, d'accord ? Je n'ai pas de temps à perdre avec tes idioties. Maintenant, en route. Les rafles vont probablement se poursuivre toute la nuit. Ces gens-là n'aiment pas voir des crasseux comme nous traîner aux abords de leur ville chérie.

Elle se leva et prit la main du petit Dante pour le hisser sur ses pieds. Newt se mit debout. Il ne se sentait pas d'humeur à discuter et il n'avait aucun argument à lui opposer, de toute manière. Peu importait. Il était loin de Tommy et des autres, c'était le but recherché. Qui se souciait de ce qui pouvait lui arriver désormais ?

Keisha indiqua le soleil, lequel descendait vers l'horizon qu'on devinait derrière les maisons, les arbres et la ligne des montagnes dans le lointain.

— Il paraît qu'il suffit de marcher encore quelques kilomètres pour trouver une maison dans laquelle dormir. Peut-être même de quoi manger. La plupart des cinglés se pressent comme des fourmis aux alentours de la ville, alors plus on s'éloignera, plus on…

Un vrombissement électrique l'interrompit, un bruit qui ressemblait un peu trop à celui d'un lanceur en train de se charger. Newt, saisi d'effroi, pivota sur ses talons. Trois soldats vêtus de rouge pointaient leurs armes étranges dans leur direction. La lueur bleutée des canons était visible même en plein jour.

— Les mains en l'air, ordonna l'un des soldats – une femme, à en juger par la voix qui sortait de son casque. Vous m'avez l'air de gens comme il faut, toutefois nous devons vous tester pour vérifier si…

— Ne vous fatiguez pas, la coupa Keisha. On a cette foutue Braise et vous le savez. Laissez-nous simplement partir, d'accord ? J'ai un gamin, bon sang ! On filera droit dans l'autre direction, promis, sans embêter personne. On ne remettra plus jamais les pieds par ici. Croix de bois, croix de fer, si je mens j'irai six pieds sous terre.

— C'est impossible, rétorqua la soldate. Vous n'auriez pas dû venir aussi près des remparts. On nous a donné l'ordre de nettoyer les rues.

Keisha émit un son rageur comme Newt n'en avait encore jamais entendu, même pas dans la bouche d'un fondu. Une sorte de grondement qui semblait provenir du fond de sa gorge.

— Vous n'avez pas compris ce que je viens de vous dire ? On s'en ira *loin* de la ville. Vous ne nous reverrez jamais.

— Dans ce cas, vous ne refuserez pas qu'on vous dépose, n'est-ce pas ? (La soldate s'approcha, son arme pointée sur la tête de Keisha.) Vous savez, ce truc vous assommera quel que soit l'endroit visé, mais les tirs en pleine tête sont particulièrement pénibles. Vous vomirez et verrez double pendant une semaine. Alors venez avec nous sans faire d'histoires, d'accord ?

Keisha hocha la tête.

— Ça va, j'ai compris.

Les deux secondes suivantes se déroulèrent si vite et pourtant si lentement que Newt eut l'impression d'avoir été projeté dans un rêve, où rien n'avait plus de sens. Keisha brandit un vieux revolver qui parut s'être matérialisé comme par enchantement dans sa main. Alors qu'elle relevait le bras et lâchait deux coups sourds, la soldate ouvrit le feu. Un drôle d'éclair en fusa avec un craquement d'air comprimé, tel un coup de tonnerre quasiment silencieux, davantage perçu qu'entendu. Une énergie bleutée parcourut le visage de Keisha, qui poussa un cri terrible. Elle s'écroula sur le sol, les bras et les jambes agités de spasmes. Le petit Dante se tenait à moins d'un pas, et pour la première fois il se mit à geindre comme le bébé qu'il était. Ces deux manifestations d'angoisse – de la mère et de l'enfant – plongèrent Newt dans une rage folle qu'il sentit bouillonner dans ses veines.

Avec un cri sauvage, animal, il s'élança sur le soldat le plus proche qui restait sans réaction, comme abasourdi, son arme pointée sur le trottoir. La femme qui avait tiré sur Keisha était tombée à genoux et se tenait le ventre à deux mains. Le troisième soldat gisait dans l'herbe ; une flaque de sang s'étalait sous son casque fracassé. Newt se jeta sur le seul encore debout, celui qui paraissait en état de sidération.

Il lui assena un coup d'épaule en plein torse à l'instant où l'autre lançait un appel au secours dans son micro. Il referma les bras sur lui et, profitant de son élan, le plaqua violemment à terre en se servant de son corps pour amortir sa chute. Au fond de lui, Newt avait conscience de se comporter de manière irrationnelle, consumé par la rage qui l'habitait. Ce qui ne l'empêcha pas de crier de plus belle, de s'asseoir sur le ventre du soldat et d'empoigner son casque à deux mains pour le frapper contre le sol. Il le releva et l'abattit encore. Cette fois, il entendit craquer quelque chose, suivi d'un gémissement de douleur qui s'estompa dans un dernier râle.

Le soldat cessa de bouger.

Newt respirait bruyamment, sa poitrine se gonflait comme un soufflet de forge et il crut un instant qu'il allait tourner de l'œil. Puis l'adrénaline lui redonna un coup de fouet. Il se sentait invincible. Euphorique. Hystérique. Tout en restant suffisamment ancré dans la réalité pour avoir conscience que le virus le transformait chaque jour un peu plus. Voilà à quoi ressemblerait sa vie très bientôt : la recherche du frisson et de la satisfaction que lui procurerait l'assouvissement de sa rage.

Soudain, quelque chose le frappa à la nuque, ce qui mit fin à ce bref moment d'exaltation guerrière ; il s'effondra par terre tel un ballon crevé. Il ne perdit pas vraiment connaissance – il apercevait encore Keisha allongée près de lui, avec Dante à son côté qui poussait des braillements de panique – mais quelques secondes plus tard il se vomit dessus.

Pourquoi diable avait-il décidé de quitter le berg ?

4

L'heure suivante fut une succession de maux de tête, de nausées et de convulsions.

Newt resta éveillé tout du long ; l'enthousiasme délirant qu'il avait éprouvé pendant deux minutes à peine avait complètement disparu. Évaporé. Il était vidé de toute énergie et ne leva pas le petit doigt pour se défendre quand d'autres soldats appelés en renfort arrivèrent pour se charger de lui. Au moins l'embarquèrent-ils avec Keisha et Dante. Il n'aurait pas supporté de perdre aussi vite le mince contact qu'il avait pu établir avec eux.

Un camion s'avança, beaucoup plus petit que les mastodontes qu'il avait vus plus tôt près des remparts de Denver. Deux soldats vinrent le soulever sans ménagement pour le balancer à l'arrière du camion. Il s'attendait à atterrir sur une masse de corps se débattant dans tous les sens pour essayer de sortir. Au lieu de quoi il retomba brutalement sur un plateau métallique où il resta étendu, le souffle coupé. Keisha le rejoignit, toujours incapable de remuer de sa propre volonté.

Sauf les yeux.

On y lisait de la panique à l'état pur. Qui s'apaisa légèrement quand les soldats posèrent Dante à côté d'elle, sans rudesse excessive. Le gamin pleurait toujours mais ses sanglots étaient devenus une sorte de bruit de fond, comme le grondement d'un torrent à proximité. Il enfouit la tête au creux de l'épaule de sa mère et referma ses bras autour de son cou. Des larmes coulèrent des yeux de Keisha.

— Elle va bien, murmura Newt, sans trop savoir si l'enfant l'entendait ou le comprenait. Elle est juste… Ça ira mieux très bientôt.

Chaque mot qu'il prononçait résonnait douloureusement sous son crâne.

Un soldat les rejoignit et s'adossa à la cabine. L'arme qu'il tenait ressemblait plus à une mitraillette qu'à un fusil électrique et Newt comprit qu'ils n'auraient pas une deuxième chance de se rebeller. À la prochaine incartade, ils seraient criblés de balles.

Le camion fit rugir son moteur, et ils quittèrent ce quartier tranquille – sans doute parce qu'on y avait déjà raflé tous les fondus. Newt se dit qu'ils s'étaient peut-être fait repérer depuis les fenêtres de l'une de ces maisons à l'allure innocente, par des yeux inquiets qui les espionnaient dans l'ombre, derrière des rideaux déchirés et des vitres cassées. À son grand étonnement, il s'aperçut qu'il s'en moquait. Le virus s'attaquait peut-être en premier à cette partie du cerveau qui s'angoissait pour son avenir proche. Peu importait, vraiment. La folie l'attendait au bout de la route, et impossible de ralentir. Dans ces conditions, quelle différence cela pouvait-il faire s'il y avait quelques cahots sur le trajet ?

Allongé sur le dos, Newt se détendit et contempla le ciel au-dessus de lui. Bleu et blanc, semé de nuages sans forme ni substance, comme barbouillés sur l'azur par un peintre du dimanche. Certains affirmaient que le ciel n'avait plus jamais eu la même couleur depuis les éruptions solaires catastrophiques quelques dizaines d'années auparavant. Newt n'en savait rien, n'avait aucun moyen de le savoir. Ce qu'il avait sous les yeux lui semblait suffisamment naturel, et malgré son indifférence soudaine envers tout ce qui l'entourait il y puisa un certain réconfort, ainsi qu'une certaine tristesse. Car il n'aurait jamais l'occasion de vivre une vie pleine et épanouissante sous ce ciel délavé.

Le camion finit par s'immobiliser avec une secousse. Combien de temps s'était-il écoulé depuis leur départ ? Une demi-heure, peut-être. Le véhicule s'était garé entre deux hauts quais en béton bordés par une rambarde métallique où se tenaient plusieurs personnes vêtues de combinaisons protectrices semblables à celles que devaient porter les agents du WICKED dans les mauvais jours. Newt adressa un regard rapide à Keisha, qui lui tournait le dos, serrant son fils dans ses bras. Peut-être dormait-elle ; il voyait ses épaules se soulever au rythme de sa respiration. Il poussa un soupir de soulagement.

Levant les yeux vers les inconnus qui l'étudiaient, il se redressa en appui sur les coudes. Alors qu'il ouvrait la bouche pour poser une question, le tube d'une lance d'incendie apparut au-dessus de la rambarde et pointa droit vers lui. Cela suffit à le faire taire.

Un torrent d'eau – du moins espérait-il qu'il s'agissait d'eau – jaillit du tube et le plaqua contre le fond du camion. Il lâcha une exclamation étouffée. La violence du jet était une chose, mais le froid glacial le rendait cinglant, comme des millions de piqûres partout sur sa peau. Il voulut crier, avala de l'eau, s'étrangla et toussa. La personne au-dessus de lui dirigea ensuite le jet sur Keisha et Dante, au moment précis où il commençait à craindre de se noyer. Keisha semblait avoir pleinement récupéré car elle se tortilla et se cabra tout en protégeant son fils de son mieux. Le jet revint alors sur Newt, puis de nouveau sur Keisha et Dante, et ainsi de suite. Cette torture se prolongea encore une minute ou deux avant de cesser enfin. Newt et Keisha se retrouvèrent à cracher et tousser pendant que le petit Dante vagissait à pleins poumons.

— Qu'est-ce qui vous a pris de faire ça ? s'écria Keisha, haletant comme si elle venait tout juste de remonter à la surface après avoir nagé une quizaine de mètres sous l'eau.

Une voix mécanisée, filtrée par le masque de la combinaison, lui répondit :

— Désolé, c'est la seule manière de vous désinfecter. Il ne nous reste plus beaucoup d'options. J'espère que ça ira pour le gamin.

Sur cette réponse pleine de compassion, l'homme fit un signe de la main. Le camion trembla, le moteur s'emballa et ils repartirent.

Le véhicule prit de la vitesse. Dans leurs vêtements trempés, ils avaient l'impression que la température venait de chuter brusquement. Keisha, assurant son rôle de mère, serra Newt et son fils contre elle dans la même étreinte. Dante s'était tu ; peut-être grelottait-il trop pour crier. Newt se pelotonna contre Keisha pour tenter de se réchauffer. L'image d'une femme lui revint en mémoire, vague et indistincte, plus une présence qu'autre chose. Le verrouillage de son cerveau était en train de céder, il le sentait, et l'ironie de la chose lui apparut dans toute sa cruauté : il allait se souvenir de sa mère pour l'oublier aussitôt dans la folie de la Braise.

Quelques minutes plus tard, le camion s'engouffra par un portail derrière un haut mur de planches. Newt n'eut pas le temps de lire le panneau accroché sur l'une des portes. Plusieurs personnes s'approchèrent, couvertes de bleus et d'égratignures, tenant des lanceurs entre leurs mains. Aucune ne paraissait ravie d'avoir des visiteurs. Il y avait des arbres également, certains morts, d'autres couverts de bourgeons. Le monde revenait à la vie, lentement mais sûrement ; surtout à cette altitude.

Le camion s'immobilisa de nouveau. Newt n'avait pas eu le temps de sécher ; ses cheveux dégoulinaient encore. Les deux portières de la cabine s'ouvrirent puis se refermèrent en claquant, et son petit doigt lui dit que le voyage était terminé, que c'était peut-être leur dernier trajet à bord d'un véhicule.

— Est-ce que vous allez nous tuer ? demanda Keisha d'une voix tremblante. (C'était la première fois que Newt la voyait exprimer de la peur.) S'il vous plaît, ne faites pas de mal à mes enfants.

« Ses enfants. » Était-ce le début de la folie qui lui faisait prendre Newt pour son autre enfant revenu d'entre les morts ? Ou, au contraire, la lucidité qui lui faisait espérer plus de bienveillance pour une mère et sa progéniture ? Personne ne prit la peine de lui répondre. Deux soldats se plantèrent à l'arrière du camion. Le visage dissimulé derrière la visière noire de leur casque, on aurait cru des robots. L'un d'eux grommela, d'une voix mécanisée émaillée de grésillements d'électricité statique :

— Estime-toi heureuse d'être encore en vie. Surtout après avoir tué un collègue. Si tu as le culot de protester, je te dérouille comme jamais. Je le jure sur tes morts.

— Waouh, s'exclama Keisha. Pas commode. On s'est levé du mauvais pied, ce matin ?

Newt fut impressionné par son cran.

Le soldat agrippa le bord du camion avec sa main gantée. Le cuir grinça sous ses doigts.

— Encore une remarque, et je te flingue. Tu crois que ce serait notre première bavure ? Ce serait dommage que le gosse voie mourir sa maman parce qu'elle refusait de coopérer.

Au grand soulagement de Newt, Keisha ne répondit rien. Elle regarda Dante et puisa dans son regard toute la force dont elle avait besoin.

— Descendez du camion, ordonna sa collègue. Allez ! Vous allez passer le restant de votre vie dans ce trou, alors autant vous y habituer tout de suite.

Elle actionna un loquet et la bordure du plateau s'abattit avec fracas.

Newt se sentit gagné par la panique, rattrapé par un sentiment d'incertitude qui prenait brusquement une nouvelle signification. Il le refoula comme il pouvait et sauta à bas du camion. Il se réceptionna sur un sol poussiéreux parsemé de mauvaises herbes. Un bref tour d'horizon lui fit découvrir un bosquet et plusieurs dizaines de tentes et de cabanes qui lui rappelèrent le Bloc. Il éprouva un pincement de nostalgie en pensant à ses amis et aux épreuves qu'ils avaient affrontées ensemble, si dures qu'elles aient pu être.

Keisha lui passa Dante avant de se laisser glisser à côté de lui. C'était la première fois qu'il tenait l'enfant. Il constata, étonné, que le petit ne pleurait pas ; sans doute était-il trop intrigué par la découverte de son nouvel environnement, à moins que ce ne soit le soulagement d'avoir échappé à la lance d'incendie. Newt éprouvait la même chose. La sensation était encore fraîche dans sa mémoire, et le fait de ne plus se prendre un jet d'eau glaciale en pleine figure faisait paraître tout ce qui l'entourait un petit peu plus lumineux.

L'un des soldats remonta la bordure du plateau et remit le loquet en place. Puis sa collègue et lui retournèrent vers la cabine, ouvrirent les portières et se préparèrent à grimper à bord.

— Attendez ! s'exclama Newt en redonnant Dante à sa mère. Qu'est-ce qu'on est censés faire ?

Le soldat sur le siège passager l'ignora et claqua la portière. L'autre s'arrêta sur le marchepied et répondit sans se retourner :

— Comme on vous l'a dit, estimez-vous heureux d'être encore en vie. D'habitude, on n'envoie plus personne ici. L'endroit est quasiment complet. La plupart des fondus sont simplement… vous savez. Liquidés.

L'Hôtel des Fondus. S'il avait été plus atteint, Newt aurait ricané. Il avait fini par y arriver, après tout, en dépit des déclarations de protestation de Keisha.

— Mais pourquoi ? voulut savoir celle-ci tout en berçant Dante dans ses bras. Si vous éliminez la plupart des infectés, pourquoi pas nous ? Après ce qu'on a fait ?

Il n'y avait pas l'ombre d'un remords dans sa voix.

— Vous auriez préféré ? riposta la soldate. Je me ferai un plaisir de vous conduire aux fosses à braises, si vous y tenez vraiment. Vous ne méritez pas mieux.

Newt s'empressa d'intervenir.

— Non, non. Merci. Ça ira.

Il prit doucement Keisha par le bras et tenta de l'éloigner du camion. Il ne voulait plus avoir affaire à ces militaires. Elle résista, visiblement déterminée à les faire tuer sur place ou envoyer dans les fosses.

— Pourquoi ? insista-t-elle. Qu'est-ce que vous ne nous dites pas ?

Même s'ils ne voyaient pas le visage de la soldate, son attitude manifestait clairement ce que ses traits ne pouvaient pas exprimer. La frustration. L'agacement. La colère. Puis elle se détendit, ses muscles se relâchèrent d'un coup et elle reposa le pied sur le sol. Elle se retourna vers eux et déclara, de sa voix robotique dépourvue d'émotion :

— À cause de lui. (Elle indiqua Newt.) Ils savent qui c'est, et… *elle* tient à garder un œil sur lui. Toi et ton gamin, vous avez de la chance de vous être fait un nouveau copain. Sinon vous seriez morts avant même d'avoir vu les fosses. Maintenant, ciao ! et profitez bien de la vie. Les plus courtes sont les meilleures, comme on dit.

Là-dessus, elle grimpa dans la cabine et mit le contact. Le camion démarra en faisant gicler de la terre et des cailloux sous ses pneus.

— De qui parlait-elle ? demanda Keisha. C'est qui… *elle* ?

Newt secoua la tête, regardant le camion s'éloigner avant de disparaître hors de vue derrière les arbres. Il baissa les yeux.

— Plus tard, répondit-il.

« Elle. »

Il ne voulait pas se résoudre à prononcer son nom.

5

C'est seulement après le départ du camion que Newt s'intéressa vraiment à ce qui les entourait, comme si ses sens refusaient de prendre connaissance des lieux avant d'avoir l'assurance d'être débarrassés des soldats. Sans un mot, Dante étant endormi dans les bras de sa mère, Keisha et lui examinèrent l'endroit où on les avait largués.

Le sol était sec et poussiéreux, toutefois les arbres procuraient assez d'ombre et de feuilles mortes pour atténuer la sensation de sécheresse. Partout où se tournait le regard on apercevait des bicoques construites à la hâte, certaines dépourvues de fenêtres, d'autres avec des carreaux cassés ; des tentes de toutes les tailles également, avec des canapés défoncés et des fauteuils installés devant, et des cordes à linge tendues entre les arbres, chargées de serviettes et de vêtements laissés à sécher. Et des vieilles chaussures, des sacs-poubelle, des petites tables disséminés çà et là. Newt se sentit transporté dans le Labyrinthe une fois de plus. Il pouvait presque imaginer les murs gigantesques qui lui auraient bouché l'horizon.

Plusieurs habitations paraissaient inoccupées, manifestement abandonnées ou peut-être jamais utilisées. Newt prit Dante dans ses bras pour soulager Keisha – l'enfant était épuisé après toute cette agitation et ces péripéties – et ils s'avancèrent vers une petite cabane coincée entre deux chênes. À l'intérieur, vingt secondes leur suffirent pour faire le tour du propriétaire : une seule pièce, sans cuisine, sans sanitaires, sans le moindre aménagement ni mobilier. L'unique fenêtre, côté est, à en juger par la position du soleil couchant, n'avait plus de carreaux. Il n'en restait plus que trois bouts de verre longs comme le pouce.

— C'est parfait, déclara Keisha d'une voix dégoulinante de sarcasme. La maison de mes rêves. Avec le filet d'air idéal grâce à cette vitre brisée.

Newt se rendit compte qu'il tapotait doucement le dos de Dante comme si c'était encore un bébé.

— Il manque quand même un canapé, dit-il. Et peut-être de quoi manger.

La situation avait quelque chose d'absurde, ils en étaient conscients tous les deux. Ils se comportaient comme une famille normale qui s'installe dans son nouveau foyer. Comme si un voisin allait arriver avec une assiette de biscuits et une théière fumante en guise de bienvenue.

— Je vais faire un tour, annonça Newt.

Il n'avait pas d'intentions précises mais ne supportait pas l'idée de rester là. Keisha et Dante n'étaient pas sa famille, et il serait stupide de lier son sort au leur. En tout cas, pour l'instant. Il avait besoin d'explorer, de découvrir en quoi consistait cet Hôtel des Fondus.

Keisha lui lança un regard dur.

— N'y pense même pas, le prévint-elle.

— À quoi ?

— À nous abandonner. Tu es le seul ami qu'on ait. Et je crois que tu as autant besoin de nous que nous de toi. On est littéralement entourés de cinglés. Tu as vu les autres cahutes devant lesquelles on est passés. Je ne sais pas s'ils sont tous partis à une réception, toutefois ils vont revenir. Probablement avec des torches et des fourches.

Elle n'avait pas tort, il devait bien l'admettre. Pourtant il se sentait mal à l'aise, nerveux, comme si un truc ne cadrait pas. Il éprouvait soudain une inexplicable envie de lui hurler dessus, de lui crier de le laisser tranquille, qu'il faisait ce qu'il voulait. Comme un enfant. Heureusement, il réussit à se retenir.

— Je veux juste voir ce qu'il y a dehors, expliqua-t-il en tâchant de ne pas paraître trop sur la défensive. Je ne serai pas long. Et puis, il faut bien qu'on trouve de la nourriture. À quand remonte le dernier repas de Dante ?

Keisha poussa un soupir d'impuissance, s'adossa à un mur et se laissa glisser jusqu'au sol. Elle déposa doucement le bambin sur ses genoux. Il ne se réveilla pas, comme s'il comptait dormir jusqu'à la fin des temps.

— Attends au moins demain matin, l'implora-t-elle tout bas. Je ne veux pas… La vie est assez difficile comme ça, Newt. Je n'ai pas envie de rester ici toute seule dans le noir, à trembler au moindre bruit, à me demander qui risque de se présenter à la porte ou de jeter un coup d'œil par la fenêtre. Sans savoir dans quels ennuis tu auras pu te fourrer là dehors. Ne me fais pas ça, s'il te plaît. Certes, on se connaît à peine, cependant je vois bien que tu es quelqu'un de gentil. On a besoin de toi. Appelle-moi maman, m'man, ou même mamie si ça te fait plaisir. Mais on a besoin de toi.

Newt frissonna sous l'effet de la confusion. Une confusion qui se changea en une colère irraisonnée. Il ferma les yeux et s'obligea à respirer lentement. « Saleté de virus », pensa-t-il. Il ne savait jamais ce qui relevait d'une banale parano ou de l'effet de la maladie sur son cerveau. N'empêche… en cet instant, il aurait voulu pousser des cris et se marteler le torse comme un foutu gorille.

— Newt ? demanda Keisha. Tu as perdu ta langue ?

Un grand calme l'envahit alors. Un calme comme il n'en avait plus connu depuis longtemps. Il passait d'un extrême à l'autre, cependant dans l'immédiat il accueillit ce sentiment de paix avec joie. Il s'avança jusqu'à Keisha et s'assit à côté d'elle en s'efforçant d'afficher un sourire poli.

— Tu as raison, dit-il. Seule une personne timbrée sillonnerait ce satané Hôtel des Fondus sans carte et alors que le soleil est sur le point de se coucher.

Un bref silence suivit, pendant lequel ils se dévisagèrent, chacun guettant la réaction de l'autre. Puis, comme si quelqu'un avait pressé un interrupteur, ils éclatèrent de rire tous les deux, gagnés par une hilarité absurde qui les fit se bidonner de plus belle. Ils gloussaient, s'étranglaient, reniflaient bruyamment. Newt ne se rappelait pas avoir jamais entendu des propos aussi drôles que ceux qu'il venait de prononcer. Il y avait tellement de niveaux d'ironie là-dedans qu'il en perdait le compte.

Une personne timbrée. Il était timbré, c'était certain. Et Keisha aussi. Et ils n'en étaient qu'au tout début. Leur folie ne ferait que s'accentuer et ils finiraient par glousser à tout bout de champ sans aucune raison.

— Qui a besoin de nourriture, de toute façon ? dit-il entre deux hoquets. On ne va quand même pas nourrir des cinglés !

— Oh ben, non, réussit à répondre Keisha.

Elle riait si fort que Dante avait glissé de ses genoux et ronflait maintenant à même le sol comme un petit ours. En voyant cela, elle et Newt se mirent à braire comme des ânes. Il était en larmes, et avait complètement oublié toutes les horreurs de la journée qu'il venait de vivre.

La folie n'avait pas que des inconvénients, finalement.

6

Au beau milieu de la nuit, on frappa à leur porte.

Newt avait consacré environ une heure à rédiger son journal avant de s'endormir dans un coin de la cabane. Keisha et Dante ronflaient doucement depuis que le soleil avait sombré derrière l'horizon. Malgré leur différence d'âge, leurs respirations profondes produisaient quasiment le même ronronnement curieusement apaisant, comme celui d'un ventilateur – encore un souvenir lointain qui était remonté à la mémoire de Newt.

Il avait glissé dans le sommeil avec gratitude, et dans son rêve le léger ronflement de ses nouveaux amis était devenu le clapotis des vagues sur la plage où il se tenait. Il ne se passait rien de particulier ; il n'y avait que la mer, le ciel bleu et la chaleur du soleil. Quand plusieurs coups résonnèrent contre la porte, ce fut comme si une armée de crabes avait jailli du sable pour grouiller partout sur lui.

Il ouvrit les yeux. La cabane était plongée dans le noir, et son rêve mit quelques secondes à se dissiper. La mer d'huile céda la place au sol de plastique miteux, le ciel bleu aux plaques de plâtre du plafond, la brise marine à une odeur de renfermé. On frappa de nouveau, et cette fois Newt se réveilla pour de bon.

Il bondit sur ses pieds et fixa la porte intensément, comme si, en la regardant assez longtemps, il réussirait à voir au travers. Keisha remua et se frotta les yeux, toujours endormie. Newt ne voulait pas qu'elle se réveille. Il n'aurait pas su expliquer pourquoi. Malgré son instinct qui, depuis le noyau de rationalité qui subsistait encore au fond de lui, lui criait de n'en rien faire, il s'avança résolument jusqu'à la porte et l'ouvrit en grand, au lieu de l'entrebâiller pour jeter un coup d'œil. Et contre toute raison, avant même d'avoir vu qui était sur le seuil, il sortit et tira doucement le battant derrière lui. À croire que protéger le sommeil de Dante et de Keisha était devenu la chose la plus importante dans sa vie pour l'instant.

Il avait surpris leur visiteur, dont la silhouette indistincte recula dans l'ombre. Quand la porte se fut refermée avec un déclic, un silence total s'abattit alentour. Il n'y avait pas un souffle de vent, pas le moindre bourdonnement d'insecte, hululement de chouette ou cri de créature nocturne, aucun bruit de voix, rien. Newt chuchota la première chose qui lui passa par la tête :

— L'endroit était vide. On peut s'en aller si ça pose un problème. On ne cherche pas les ennuis.

Le silence se prolongea. Newt, qui émergeait peu à peu de l'engourdissement du sommeil, se sentait reposé mais tenaillé par la faim. Son estomac se mit à gargouiller. Les yeux rivés à la silhouette sombre devant lui, il décida d'attendre, d'utiliser la patience comme une arme. Une minute s'écoula.

— Alors, c'est vrai ? murmura l'inconnu d'une voix rocailleuse, comme s'il avait du gravier coincé au fond de la gorge.

Newt ne savait pas à quoi il s'était attendu – peut-être à un fou furieux armé d'un poignard, qu'il aurait combattu héroïquement jusqu'à son dernier souffle pour sauver le gosse –, en tout cas certainement pas à quelqu'un qui lui demanderait si « c'était vrai ». Il s'en tint à la patience et ne répondit rien.

— Eh bien, oui ou non ? insista l'autre.

De toute évidence, leur visiteur n'était guère enclin aux présentations en bonne et due forme et autres banalités d'usage.

— De quoi parlez-vous ? finit par demander Newt, assez inutilement à son avis.

— Est-ce que… tu sais bien. Est-ce que tu es l'un d'entre *eux* ?

L'homme aurait sérieusement eu besoin de se racler la gorge. Ou peut-être d'être opéré de toute urgence.

Newt sentit l'agacement l'emporter sur la curiosité.

— Et si vous me demandiez simplement ce que vous voulez me demander ?

— Oh, pardon. Je suis désolé.

Des excuses à présent. Encore une chose à laquelle Newt ne s'attendait pas… décidément, cet homme était plein de surprises.

— C'est juste une rumeur qui circule dans l'Hôtel, reprit-il. Il fallait que je sache. Je… j'ai mes raisons. Es-tu l'un des jeunes sur lesquels le WICKED a pratiqué ses expériences ? Tout le monde n'a que ça à la bouche en ce moment.

Newt frissonna. Ses espoirs de vie tranquille dans ce lieu reposaient sur l'anonymat, la discrétion, le fait de ne pas attirer l'attention. Il était loin de se douter que la population était au courant de ce que le WICKED leur avait fait, à ses amis et lui.

Les blocards. Penser à eux le rendit si triste, brusquement, qu'il faillit planter là son visiteur et retourner à l'intérieur.

— Si tu ne veux pas en parler, pas de problème, dit l'homme pour briser le silence gêné qui s'était installé. C'est juste que ces bâtards ont enlevé mon neveu il y a presque vingt ans. Et depuis, personne n'a plus jamais eu de ses nouvelles. Je ne sais pas ce que j'espérais. Je suis désolé.

Le calme, la gentillesse qui se dégageaient de cet homme ramenèrent Newt à la réalité. Il aurait aimé voir ses traits, mais il faisait trop sombre.

— Non, ça va. Je suis un peu sous le choc, c'est tout. Et d'abord, comment les gens sont-ils au courant ? On vient à peine d'arriver.

— À mon avis, les autorités ont fait fuiter l'information pour t'assurer un minimum de protection. La plupart des gens d'ici n'en sont qu'aux premiers stades de la maladie, ils sont encore assez lucides pour ne pas s'attaquer à quelqu'un comme toi.

— Ah bon ? Et pourquoi ? Et comment s'appelait votre neveu, au fait ?

Alors même qu'il posait la question, Newt comprit que la réponse ne lui servirait à rien. Ils ne se connaissaient pas sous leurs vrais noms dans le Labyrinthe.

— Alejandro. Est-ce que… tu l'as croisé ?

Sa voix se brisa sur la fin de sa phrase.

Curieusement, ce nom éveillait un vague souvenir chez Newt. Il l'avait déjà entendu. Enfin, peut-être. Il aurait donné cher pour recouvrer entièrement la mémoire, ne serait-ce que brièvement – retrouver tous ses souvenirs, même les plus déchirants – avant d'arriver au bout du rouleau.

— Il me semble que oui, répondit-il tout bas, sans trop savoir quelle réponse ferait le plus plaisir à l'homme. Je regrette… On m'a effacé la mémoire. Pourtant, oui, je suis sûr qu'il était là.

L'homme se laissa tomber sur le sol devant lui, d'abord sur les genoux, puis sur les coudes, comme s'il était sur le point d'implorer Newt, avant de laisser libre cours à ses sanglots.

Le jeune homme jeta un regard autour de lui, certain qu'il allait réveiller Keisha, Dante, et à peu près tout le monde dans un rayon de cinq cents mètres.

— Écoutez, je veux bien vous raconter comment c'était. Si ça peut vous aider. (Bien qu'il ne vît pas en quoi, bien au contraire.) Il y a de fortes chances qu'il soit toujours en vie quelque part. On est plusieurs à s'être échappés. J'ai des amis qui essaient de faire bouger les choses.

L'homme dressa vivement la tête et ses yeux scintillèrent brièvement dans la pénombre. Puis, sans souffler mot, il s'affala de nouveau sur les coudes et se remit à pleurer.

Newt ne savait pas s'il avait eu de la patience dans une période antérieure de sa vie, en revanche il n'en avait plus aucune à présent, et malheureusement une préoccupation se rappelait à lui avec insistance.

— Écoutez, dit-il. On rediscutera de tout ça plus tard. Mais pour l'instant… vous n'auriez pas quelque chose à manger ?

7

Newt n'aurait jamais pensé se réjouir à ce point de voir débarquer en pleine nuit un parfait inconnu venu l'interroger à propos de son neveu disparu. Il avait fini par apprendre son nom, Terry, et pourquoi il avait cette voix rocailleuse : dans sa jeunesse, il avait eu un cancer de la gorge et subi une opération. Avant l'apocalypse. Newt et Keisha découvrirent tout cela et bien d'autres détails à l'occasion de leur première invitation chez leurs voisins dans l'Hôtel des Fondus.

L'aube pointait quand Newt réveilla Keisha et son fils et leur résuma la situation. Ils suivirent Terry dans sa cabane, en tout point similaire à la leur, quoique mieux aménagée, avec quelques vieilles chaises, deux ou trois photos punaisées aux murs, et des effluves corporels tenaces. Heureusement ils mangèrent dehors, dans la brise matinale, avec Terry et son épouse Maria. Plutôt effacée, celle-ci avait de nombreux tics et tenait des propos sans queue ni tête, dans lesquels le mot « pourpre » revenait fréquemment. De toute évidence, la pauvre femme était beaucoup plus atteinte que son mari.

— Il y a quelques jours encore on pensait qu'ils avaient complètement oublié cet endroit, dit Terry entre deux bouchées de bœuf grillé.

Leur repas se composait de morceaux de viande embrochés sur des baguettes et rôtis à la flamme d'un feu de camp. Du bœuf et du poulet, autant que Newt pût en juger, même s'il n'avait pas posé la question. Peu lui importait. La viande était délicieuse, il en était à son troisième morceau et ne comptait pas s'arrêter de sitôt.

— Comment ça ? demanda Keisha en déchiquetant un petit morceau de foie pour Dante.

Terry haussa les épaules.

— Oh, vous savez... À l'origine, ce centre était conçu comme un service public. En ce temps-là, les autorités s'inquiétaient encore d'autre chose que de sauver leurs fesses. Mais depuis qu'il est complet, on n'y accueille plus beaucoup de malades. Il paraît qu'ils se contentent de les brûler dans des grandes fosses à l'est de la ville. Maria dit qu'on les a creusées de ce côté-là parce que le vent a tendance à souffler de l'ouest. Ça évite les odeurs de chair grillée dans les rues de la ville.

— Ils sont pourpres, déclara Maria, la bouche pleine. Tous pourpres. Pourpres quand ils entrent, pourpres quand ils ressortent.

Keisha écarquilla les yeux.

— Nom de Dieu, Maria. Qu'est-ce que vous...

Elle s'interrompit avant de prononcer des paroles qu'elle regretterait, comme si elle avait temporairement oublié la réalité : les gens perdaient la raison.

— Désolée, marmonna-t-elle finalement.

— Pourpres, répéta Maria avec tristesse, le regard rivé aux flammes.

C'était une femme forte aux mains calleuses et à la peau parcheminée, aux cheveux grisonnants. Terry était pareil, d'ailleurs, juste un peu plus dégarni. S'il ne leur avait pas présenté Maria comme sa femme, Newt aurait pu croire qu'ils étaient frère et sœur.

— Et voilà que vous êtes arrivés, reprit Terry. On a vu le camion, on vous a vus en descendre, on les a vus faire leur numéro. Avant de s'en aller. Alors, on a couru prévenir les autres mais ils étaient déjà tous au courant. Ils savaient déjà qui vous étiez. Drôle d'époque, décidément, et ça ne va pas en s'arrangeant.

Newt rumina cette déclaration, mastiquant sa viande comme si cela risquait de ne plus jamais lui arriver.

— Je ne sais pas pourquoi ils s'intéressent encore à moi. Je ne suis pas immunisé comme les autres. Ils m'avaient sélectionné uniquement comme sujet témoin. Une fois contaminé, je n'avais plus aucun intérêt pour eux. Je ne sais pas... J'imagine qu'ils veulent juste savoir comment ça va se terminer pour moi, de manière à pouvoir boucler un rapport que personne ne lira jamais.

Il s'interrogea sur cette ville que Terry avait mentionnée, se demandant à quoi elle ressemblait.

— Vous n'avez pas encore l'air trop atteints, comme nous, dit Keisha. Qu'en est-il de ceux qui sont au bout du rouleau ? Que deviennent-ils ?

Elle coula un coup d'œil penaud en direction de Maria.

— Ça ne finit pas très bien pour eux, répondit Terry.

Il contempla un morceau de bœuf qu'il s'apprêtait à enfourner et le laissa retomber avec dégoût. Newt n'avait aucune envie de savoir quel souvenir avait pu causer son changement d'humeur.

— Certains traînent dans le coin, et la vigilance est de mise, reprit-il. Il y en a dont on s'occupe. Et d'autres qui s'occupent d'eux-mêmes. Une fois par semaine, un petit groupe – des gens comme nous, pas des soldats – rassemble les cas les plus graves et les fait sortir en douce de l'Hôtel. Je ne sais pas où ils sont emmenés ou ce qui leur arrive. Et je ne veux pas le savoir.

Il repoussa son assiette et s'efforça de contenir ses larmes.

— On est en enfer, murmura Keisha, d'une voix à peine audible par-dessus le crépitement du feu.

Newt commençait à ressentir la fatigue. Terry était venu frapper à leur porte quelques heures avant l'aube, et il n'avait pas merveilleusement dormi jusque-là – à même le sol, dans un environnement inconnu. Il ferma les paupières. Il aurait voulu se rouler en boule près du feu et dormir toute la journée. Et puis, il préférait s'évader dans le monde des rêves plutôt qu'écouter Terry. Le regard qu'il avait jeté à cette viande... Ce ton désespéré qu'il avait pris pour parler du petit groupe qui ramassait les fondus au bout du rouleau pour les conduire Dieu savait où... Tout cela était si inquiétant, si déprimant. Et pourtant, c'était ce qui l'attendait.

— J'ai l'impression qu'une petite sieste ne serait pas du luxe, déclara Keisha.

Newt hocha la tête et marmonna vaguement quelque chose.

Maria se mit à hurler.

Newt sursauta et se tourna vers elle. Elle s'était levée d'un bond, les yeux écarquillés par la terreur, poussant des cris hystériques comme si on lui avait renversé un seau plein d'araignées dans le dos. Elle agitait frénétiquement les bras.

— Maria ! s'écria Terry.

Il lui attrapa le poignet et voulut l'obliger à se rasseoir. Elle se dégagea brutalement et le cogna en plein front.

— Elle était *pourpre*, tu ne comprends pas ? (Elle se raidit, les poings serrés le long du corps, comme une enfant qui fait un caprice.) Je n'ai même pas eu l'occasion de l'élever. Comment j'aurais pu ? Dans un monde pareil ? Je n'aurais jamais osé ! Plutôt pourpre que dingue ! Plutôt pourpre que dévorée par un fondu ! Plutôt pourpre qu'emmenée par le WICKED pour être enfermée dans une cage ! Comme un animal !

Les mots se déversaient, pêle-mêle, jusqu'à se mélanger en un délire incompréhensible. Maria inspira profondément et, le visage rougi, gonflé, comme un raisin cuit, lâcha un dernier rugissement :

— POUUUUUUUUUUURPRE !

Puis elle *plongea* dans le feu. Hurlant désormais plus de douleur que de rage, elle se mit à frapper les bûches, les braises rougeoyantes, les cendres encore fumantes. Newt, trop choqué pour intervenir, voyait sa peau commencer à fondre sous ses yeux. La souffrance se lisait clairement sur ses traits crispés, mais plus encore son indifférence.

Terry se jeta sur elle avec une telle force qu'ils roulèrent hors du feu sur plusieurs mètres. Newt dut s'écarter précipitamment pour ne pas se faire renverser. Lorsqu'il tourna la tête vers le couple, Terry tapait sur les vêtements de Maria pour éteindre les flammes. Ses cheveux, roussis, dégageaient une odeur épouvantable.

Keisha serrait Dante contre sa poitrine, très fort, les yeux obstinément fermés comme si le fait de ne pas voir la scène allait la faire disparaître. Terry tenait à présent son épouse dans ses bras en respirant lourdement ; des larmes coulaient sur son visage mais il ne disait rien. Maria, immobile, sanglotait en silence.

Newt, toute fatigue envolée, se sentait au bord de la nausée. Il ignorait à quel point les brûlures de cette pauvre femme étaient graves, mais il était prêt à parier qu'il n'y avait pas d'hôpital au coin de la rue, entre une épicerie et un bowling.

Terry s'assit en tailleur à côté de Maria, les épaules basses, les avant-bras sur les genoux, les mains pendantes. Il adressa à Newt un regard éloquent.

« Pas de question. »

Ce n'était pas nécessaire. Maria avait levé un coin du voile sur un épisode tragique de sa vie. La seule interrogation qui subsistait était de savoir ce qui avait été le pire : la folie qu'il fallait pour tuer son enfant, ou celle qui en résultait ? Et quel rôle exactement la Braise avait-elle joué dans l'affaire ? Newt n'avait aucun droit de le savoir, et il se jura de ne jamais poser la question.

Il se leva et fit le tour du feu pour s'approcher de Keisha et de Dante.

— Ça va, vous deux ? demanda-t-il sans conviction.

Keisha hocha la tête sans rien dire. Dante était silencieux comme une souris dans une église, une expression qui lui revint brusquement en mémoire, et qu'il avait entendue des centaines de fois par le passé, de la bouche d'une personne proche dont il ne parvenait pas à se souvenir. Une image s'imposa à lui. Le visage d'une femme qui lui ressemblait trait pour trait.

— Il faut que j'y aille, annonça-t-il.

Keisha dressa la tête.

— Hein ? Où ça ?

— Je ne serai pas long, dit-il pour toute réponse.

Il s'attendait à des protestations.

— Ne t'inquiète pas pour nous, déclara-t-elle seulement.

Newt s'éloignait déjà.

8

Il marcha dix minutes sans croiser âme qui vive, ce qui lui permit de se calmer. Avoir vu une femme en proie à un tel chagrin, à une telle douleur, qu'elle s'était jetée dans les flammes… Cela l'avait secoué. L'air matinal commençait à se réchauffer, le soleil qui filtrait à travers le feuillage des arbres semait des taches de lumière sur le sol. Il prit trois grandes respirations, inspirant par le nez, soufflant par la bouche. Il se sentait déjà mieux.

Et il ne lui fallut pas longtemps pour comprendre la disposition des lieux.

L'Hôtel des Fondus s'organisait sur un modèle de cercles concentriques : des constructions en anneaux, le long de rues circulaires ou de chemins de terre. Ces cercles rapetissaient de plus en plus à mesure qu'il avançait. Du ciel, l'Hôtel des Fondus devait ressembler à une cible de jeu de fléchettes avec un tout petit cercle au milieu, vers lequel il se dirigeait. Il entendait un brouhaha s'élever dans cette direction.

Un autre souvenir lui revint en mémoire – un match de football américain à la télé et la clameur du public chaque fois qu'une des équipes marquait. Il ne s'agissait sans doute pas d'un match retransmis en direct, plutôt d'un vieil enregistrement que lui avait passé… sa mère. Oui, sa mère. Il s'en souvenait parfaitement.

C'était le même genre de clameur qu'il entendait à présent, et qui augmentait de volume à chacun de ses pas. Le centre de l'Hôtel devait être une sorte de lieu de rassemblement ; une foule l'attendait là-bas, comme s'il était un gladiateur sur le point d'entrer dans l'arène. Une petite voix lui souffla de faire demi-tour, de demander au moins à Terry ou à Keisha de l'accompagner. Mais Newt ne l'écouta pas. Il voulait absolument savoir dans quoi il avait mis les pieds.

Chaque cercle qu'il passait était un peu plus encombré de cabanes, de huttes, de tentes serrées sous les arbres. Le sol était jonché d'ordures. Il avait la sensation que les soldats les avaient déposés à la lisière de l'Hôtel des Fondus, dans un secteur inachevé, probablement laissé à l'abandon avant d'avoir pu être terminé. La plupart des constructions avaient leurs vitres brisées. Les morceaux de verre devaient être l'arme la plus courante dans les parages.

Il ne vit pas grand monde. Tout juste entraperçut-il quelques personnes ici et là rentrer précipitamment dans les masures qui leur servaient de foyers et fermer la porte derrière elles. Il entendit plusieurs verrous qu'on tirait, et se demanda à quoi cela pouvait bien servir dans des cabanes aussi branlantes. Un tas de paires d'yeux le regardèrent passer. Il en eut froid dans le dos. Il se reprocha de ne pas avoir emporté son lanceur, qu'il aurait pu cacher dans son sac à dos. Dans l'immédiat, il se serait même contenté de son couteau. Il envisagea de fouiller les environs à la recherche d'un éclat de verre.

Sans crier gare, un homme sorti de nulle part se dressa devant lui. Il avait le regard vitreux, comme s'il voyait à *travers* Newt, focalisé sur quelque chose au loin qui le rendait heureux. Il avait une expression de…

Béatitude.

« Le bliss. »

Le cerveau de Newt eut comme un hoquet sous son crâne. Les souvenirs que l'Effacement continuait de bloquer affluèrent en masse et vinrent se mêler à ceux qu'il avait retrouvés récemment. Il se rappelait ce qu'était le bliss. Une drogue que l'on fournissait aux infectés, supposée atténuer les effets et les symptômes de la Braise. En détaillant l'homme devant lui qui se balançait sur ses pieds au rythme d'une musique inaudible, les yeux dans le vague, les traits détendus par une joie délirante, Newt s'interrogea. Peut-être que cette drogue vous faisait planer au point de vous faire tout oublier pendant un moment. Qui sait ? Il s'apprêta à contourner l'inconnu.

— Tu n'en veux pas ? lui demanda celui-ci. Il paraît qu'ils vont bientôt arrêter d'en donner. Mieux vaut en profiter tant qu'il y en a.

Sans aucune honte, pleinement conscient que la drogue avait été conçue précisément pour des gens comme lui, Newt répondit :

— Si, j'en veux bien. Vous en avez ?

L'homme émit un drôle de petit bruit qui était peut-être un gloussement.

— Pourquoi je t'aurais demandé ça si j'en avais pas ? (Un autre gloussement, reniflement ou Dieu savait ce que c'était exactement sortit de son nez avec un filet de morve.) Combien de fric tu as ?

— Je n'ai pas un rond, soupira Newt.

L'homme s'écarta théâtralement de son chemin, se campa sur ses pieds puis s'inclina bien bas, une main sur le ventre, l'autre levée dans son dos.

Les yeux rivés au sol, il déclara :

— Dans ce cas, mon bon monsieur, je ne vous retiens pas plus longtemps.

— Trop aimable, marmonna Newt.

Il se dirigea vers le brouhaha qui flottait dans l'air comme un brouillard.

* * *

Personne ne vint lui chercher d'ennuis, pas directement. En revanche, il vit plusieurs choses passablement perturbantes.

Une femme nue était suspendue la tête en bas à une branche d'arbre, accrochée par les jambes. Elle n'émettait aucun son, ne paraissait pas disposée à en descendre, se contentant de le suivre du regard tandis qu'il passait vite fait devant elle. Il vit aussi de nombreuses bagarres dans les rues ou entre les cabanes. Un homme assis par terre, droit comme un piquet et d'une crasse répugnante, chantonnait un air aux paroles incohérentes. Plus loin, deux femmes se tenaient face à face, comme statufiées, et se fixaient sans un mot. Étendu à leurs pieds, un homme contemplait le ciel avec béatitude, dopé jusqu'aux yeux.

Ce genre de scènes se multipliaient à mesure qu'il avançait, le démoralisant un peu plus à chaque pas. Il finit par atteindre un grand mur, d'environ quatre mètres de haut. Contrairement à celui, fait de planches, qui entourait l'Hôtel des Fondus, il était en béton, ou en stuc. Sa peinture s'écaillait, formant désormais un patchwork de couleurs pastel. Un portail surmonté d'une arche menait à la foule dont il avait entendu la clameur, une cohue de gens qui s'affairaient comme des fourmis géantes. Au sommet de l'arche, une enseigne de couleurs vives, sans doute volée dans un jardin d'enfants, indiquait joyeusement :

ZONE CENTRALE

Newt s'arrêta, les yeux levés vers l'enseigne. Peut-être ferait-il mieux de rebrousser chemin. N'en avait-il pas découvert suffisamment aujourd'hui ? Ne serait-il pas plus prudent de revenir avec une arme, ou en compagnie d'une amie ?

Certes oui. Pourtant, il s'engagea sous l'arche et s'avança dans la fourmilière humaine.

La « zone centrale » était vaste et circulaire, telle qu'il l'avait imaginée – le petit cercle qu'on apercevait depuis le ciel au centre de l'Hôtel des Fondus. Sur sa bordure extérieure s'alignaient un tas de boutiques, de bureaux et de restaurants délabrés, à l'abandon pour la plupart d'entre eux. À la place des portes et des fenêtres, il n'y avait plus que des trous béants ou des planches clouées à la hâte. On ne remarquait pas beaucoup d'enseignes non plus, même si l'une proclamait encore, en lettres noires sur fond blanc : *Chez Howard – Les meilleurs sandwichs de la vallée !*

Des centaines de personnes grouillaient sur l'esplanade centrale, certaines s'activant avec frénésie, d'autres se dirigeant d'un pas pressé vers on ne sait quelle destination, dans on ne sait quel but. Il y avait beaucoup de cris, de rires, de discussions, de disputes. Sans surprise, Newt vit aussi éclater une demi-douzaine de bagarres depuis son point d'observation à l'entrée, souvent interrompues par des individus en civil armés de lanceurs, visiblement en meilleure condition physique que ceux qui les entouraient. Peut-être était-ce simplement dû au fait que c'étaient eux qui tenaient les armes. Newt supposa qu'il s'agissait d'Immunes, ces personnes immunisées contre la Braise dont certaines travaillaient moyennant salaire ou par pure bonté d'âme. Keisha en avait vaguement parlé lors de leur toute première conversation mais il n'avait pas eu le temps de creuser le sujet parce qu'ils avaient passé l'heure suivante à tenter d'échapper aux rafles.

C'était bizarre de constater que certains comme Tommy, Minho, Teresa et les autres, pour une obscure raison, se révélaient insensibles au virus. Immunisées. Cela n'aurait pas dû l'étonner – statistiquement parlant, il y en avait d'autres. Mais peut-être ne digérait-il toujours pas de ne pas être comme ses amis. Il eut soudain très envie d'écrire dans son journal, de lui confier ce qu'il ressentait. Il le ferait ce soir. Respirant un grand coup, il s'émerveilla de voir à quelle vitesse il se transformait. Dans des moments pareils, il se faisait l'impression d'être un vieux fou sentimental.

Un mouvement rapide à la limite de son champ de vision l'arracha à ses réflexions. Une femme entre deux âges, les cheveux courts, le visage fripé et les yeux bleus délavés, s'approchait en courant. Elle le heurta au biceps sans même ralentir ni s'excuser. Ce genre d'incident, apparemment, ne choquait personne.

« Bienvenue à l'Hôtel des Fondus, pensa-t-il. Bienvenue dans la zone centrale. »

« Bienvenue dans ton avenir. »

9

Réprimant sa soudaine envie de s'enfuir, de retourner auprès de Keisha et de Dante, de s'enfermer dans leur petite cabane loin de cet asile de fous, Newt serra les dents et s'enfonça parmi la foule. En traînant la jambe le moins possible. Il aurait voulu croire que c'était du courage, mais au fond, il était terrifié par cette énergie imprévisible qu'il sentait tourbillonner autour de lui comme les eaux sombres et écumantes d'une mer en furie.

Les anciens commerces devant lesquels il passait exerçaient diverses activités. Certains étaient devenus des repaires de camés ; ceux-là, un coup d'œil lui suffisait pour le dissuader de s'y arrêter. D'autres s'étaient transformés en restaurants improvisés, avec souvent deux gardes armés de lanceurs à l'intérieur, pour maintenir l'ordre. Les fondus affamés et les odeurs de nourriture composaient en effet un mélange explosif.

Newt se décida à entrer dans la gargote suivante en voyant qu'il n'y avait pratiquement personne. Un homme se tenait derrière le gril, visiblement indifférent à la fumée qui s'accumulait sous son plafond malgré les fenêtres ouvertes. Newt toussota deux ou trois fois, puis demanda au garde combien coûtait le repas.

L'homme était en train de mastiquer quelque chose, peut-être un bout de viande ou un chewing-gum. Il portait un lanceur en bandoulière et donnait l'impression de s'ennuyer à mourir.

— Hein ? fit-il avec tout le mépris dont il était capable.

— Je viens juste d'arriver, expliqua Newt, assez malin pour éviter soigneusement toute manifestation d'arrogance. Comment… comment fait-on, ici, pour l'argent ? Comment je peux en gagner pour acheter de quoi manger ?

L'homme avala ce qu'il mâchait. Newt entendit un petit bruit de déglutition.

— Officiellement ? Pas besoin d'argent. On est un service public, petit, tu n'as pas lu le dépliant dans ta chambre d'hôtel ? (Il s'esclaffa.) Ce vieux Leroy va te filer une assiette. C'est l'un des moins mauvais du coin, ça doit être sa mamie qui lui a appris à faire la tambouille. Mais si tu fouines un peu dans les parages, tu devrais réussir à, comment dire… à améliorer l'ordinaire. Voilà. Ce n'est pas parce qu'il n'y a pas d'argent qu'il n'y a pas de pauvres. Tu vois ce que je veux dire, mon grand ?

Newt secoua la tête.

— Non.

— Eh ben, ça promet. Allez, mange un truc avant que je te dégage à coups de pompe dans l'arrière-train. Je ne suis pas d'humeur à discuter avec un fondu de toute manière.

Newt comprenait les exigences de la survie. Il les comprenait mieux que quiconque.

Il accepta avec gratitude une assiette de nourriture, qu'il dévora avec appétit bien qu'il ait déjà mangé. C'était encore du bœuf. Et du poulet. Apparemment, on ne connaissait pas les fruits et les légumes à l'Hôtel des Fondus. Lorsqu'il eut terminé, alors qu'il s'essuyait la bouche avec un vieux torchon graisseux, une question amusante quoique tout à fait pertinente lui vint à l'esprit.

D'où pouvaient bien provenir tous ces bœufs et ces poulets ?

* * *

Un déclic s'était fait dans sa tête, et à présent il était impatient de partir. Il détestait ce sentiment d'incertitude qui le rongeait. Pouvait-il retourner dans cette cabane sordide pour y finir ses jours en compagnie de Keisha, de Dante, de Terry et d'une pauvre folle aux mains brûlées ? Sérieusement, qu'y ferait-il ? Quel était son plan ? Même s'il avait évité d'y réfléchir jusque-là, il allait bien devoir répondre à ces questions. Dans l'immédiat, cependant, disons pour les trente prochaines minutes, ou le restant de la journée… il voulait simplement se retrouver en compagnie de personnes familières. Même si cette familiarité ne tenait pas à grand-chose.

Pressant le pas, il s'empressa de boucler son tour de la zone centrale.

Quelques cantines supplémentaires. Une salle de boxe – idée de génie, si cela pouvait permettre de virer les bagarreurs de l'esplanade pour les attirer plutôt sur le ring de fortune installé à l'intérieur. Un petit marché aux allures de bric-à-brac. Une bibliothèque, si pleine de livres et de vieux fauteuils rembourrés qu'on devait y être merveilleusement bien ; Newt se promit d'y retourner bientôt. Keisha adorerait l'endroit, il en était convaincu. Une autre boutique était jonchée de corps d'un mur à l'autre. Il crut d'abord qu'il s'agissait d'une morgue, puis il vit les corps… remuer. Ils étaient habillés bizarrement et se tortillaient sur le sol au son d'une musique étrange. Des danseurs ? Une secte ? Il s'empressa de filer.

Il arriva enfin devant un bowling. Il n'en revenait pas. Plus tôt, il avait imaginé pour rire tomber sur un endroit de ce genre à l'Hôtel des Fondus, et voilà qu'il y en avait bel et bien un. Cela dit, personne ne le fréquentait plus depuis longtemps. C'était bien une blague, en fin de compte. Newt ne se rappelait pas dans le détail ce qu'on était censé trouver dans une salle de bowling, mais il connaissait le concept et avait à l'esprit quelques images précises. Alors que là, les pistes étaient éventrées, le bois empilé dans un coin, et l'on faisait du feu dans les alcôves où les quilles avaient dû s'aligner autrefois. On les avait probablement brûlées, elles aussi. Il y avait des gens allongés partout, dans des sacs de couchage ou des couvertures. C'était peut-être à cause des feux mais il régnait dans cette salle une chaleur agréable, qui lui donna envie de revenir. Et personne ne semblait se battre ici, du moins pour l'instant.

Newt ressortit par la porte ouverte – à en juger par ses charnières rouillées, on l'avait dégondée depuis des lustres – et se dirigea vers la sortie. En cours de route, il fut bousculé, heurté, embrassé, repoussé, tomba deux fois, dont une où on l'aida à se relever. Il vit des Immunes le regarder d'un œil mauvais, l'arme à la main, en échangeant des messes basses. Il ne comprenait pas l'intérêt pour le WICKED de faire savoir à tout le monde qui il était, ce qu'il avait enduré et d'annoncer son arrivée en ville. Il devait quitter cet endroit au plus vite. Il avait besoin de dormir.

Il arriva enfin devant l'arche, passa presque en courant sous les lettres colorées du panneau et retrouva avec soulagement la tranquillité relative du chemin qui menait aux cercles extérieurs de l'Hôtel. Il ralentit l'allure, se rendit compte qu'il était en sueur et que son visage lui donnait l'impression d'avoir rôti au soleil pendant des heures. Oui, il avait définitivement besoin de dormir. Peut-être même de faire le tour du cadran.

Il s'arrêta.

Trois fondus dépenaillés lui barraient le passage, chacun tenant un tuyau métallique, comme s'ils venaient de piller le même magasin de fournitures de plomberie. Newt devait commencer sérieusement à dérailler parce que cette vision le fit rire. C'était ridicule. Comique. Comme si un gamin de dix ans avait dessiné ce qui représentait pour lui les personnes les plus méchantes de la terre. L'un des fondus portait même un bandana sur la tête et affichait un rictus mauvais qui lui déformait les lèvres.

— Je ne suis pas d'humeur, prévint Newt.

Il savait avec une certitude absolue qu'il aurait pu passer au détecteur de mensonges, là, tout de suite, et déclarer sans broncher qu'il ne verrait aucun inconvénient à ce que ces trois idiots mettent fin à ses misères.

Le sort en décida autrement.

L'un des fondus, un gaillard aux longs cheveux bruns crasseux et aux muscles saillants, s'approcha de lui. Bien que son instinct hurlât à Newt de s'enfuir, il ne parvint pas à s'y résoudre. Une part de lui aurait voulu cogner l'homme en pleine figure, déclencher la bagarre et espérer que tout se passe au mieux. Au lieu de quoi, il attendit.

— On sait qui tu es, déclara l'homme.

Malgré son allure patibulaire, il avait une voix étonnamment douce. « Une voix de velours », pensa Newt, qui se retint de pouffer.

— Alors crachez le morceau, marmonna-t-il. Je suis qui ?

Curieusement, l'homme parut intimidé.

— On sait ce qu'ils vous ont fait. À toi et aux autres. On sait ce que vous avez dû endurer. À jouer malgré vous les cobayes pour essayer de trouver un remède afin de guérir les gens comme nous. On voulait te dire que… qu'on apprécie. On tenait à te rendre hommage.

Newt avala sa salive, ne sachant pas quoi dire. Ces gars-là n'étaient pas là pour lui faire la peau, finalement. À moins qu'il ne s'agisse d'une ruse, pour… quoi donc ? L'attaquer par surprise ? Absurde. Ils auraient pu le réduire en bouillie sans aucune difficulté.

— Désolé, s'excusa l'homme. Ça sonne un peu grandiloquent. On voulait juste… (Il se redressa et releva le menton.)

On voulait que tu saches qu'on est un certain nombre à être de ton côté. Personne ne viendra t'embêter. Ou alors il faudra nous passer dessus d'abord. Je ne sais pas quoi dire d'autre. Je me sens un peu idiot.

Newt acquiesça, décontenancé mais sincèrement heureux d'apprendre qu'il disposerait de gardes du corps.

— Merci, dit-il sobrement, craignant de rompre le charme en parlant trop.

L'homme hocha la tête, puis jeta un regard indécis autour de lui comme s'il n'avait pas réfléchi à la suite lorsqu'il avait imaginé ce scénario. Il s'écarta sur le côté et fit signe à ses deux compagnons de l'imiter. Ils s'exécutèrent.

— Mon nom est Jonesy, ajouta-t-il. Enfin, c'est comme ça qu'on m'appelle. Crie si tu as besoin de nous. On sera toujours dans le coin.

— D'accord, acquiesça Newt. (Mieux valait se montrer conciliant avec des fondus armés de tuyaux.) Et encore merci. Franchement. Merci beaucoup.

Ni l'homme ni ses amis ne répliquèrent. Newt repartit vers les cercles extérieurs de l'Hôtel, sentant leurs regards peser sur sa nuque. « On sera toujours dans le coin », avait promis le dénommé Jonesy.

C'était peut-être la meilleure nouvelle depuis son arrivée à l'Hôtel des Fondus.

Ou peut-être la pire. L'une ou l'autre, en tout cas.

Newt pressa le pas.

10

Personne d'autre ne chercha à l'aborder tandis qu'il regagnait la cabane misérable dans laquelle ils avaient dormi la nuit précédente. En fait, il ne vit quasiment personne. Lorsqu'il passa devant chez Terry et Maria, il les trouva installés sur de vieilles chaises devant leur porte. Maria avait les bras et les jambes bandés au moyen de bouts de tissu sans doute découpés dans un drap. Terry lui adressa un vague salut de la main, puis fixa le sol ; Maria avait les yeux fermés. Le message était clair : tu n'es pas invité.

En arrivant enfin devant sa cabane, il aperçut Dante assis dans l'herbe, seul, qui jouait sagement avec un caillou. La porte était fermée derrière lui. Newt frissonna d'angoisse, certain que Keisha ne laisserait jamais son fils sans surveillance. Il piqua un sprint jusqu'à la porte, l'ouvrit brusquement et constata, le cœur serré, que l'endroit était vide. Même son sac à dos avait disparu. Ainsi que son journal. Son lanceur. Les affaires de Keisha. Il ne restait plus rien.

Il vacilla sur ses jambes, à deux doigts de tourner de l'œil. Appuyé contre l'encadrement de la porte, il s'obligea à respirer calmement. Où diable avait-elle bien pu aller ? « Mais non, imbécile, se reprocha-t-il. C'est quelqu'un qui l'a enlevée, et qui a emporté tes affaires avec. » Il inspira à fond puis se tourna vers Dante. Même s'il ne l'avait jamais entendu parler, il lui demanda :

— Dante, sais-tu où est ta maman ? Ta maman ? Où est-elle partie ?

Pas de réponse, mais le gamin leva sur lui un regard déchirant, plein d'espoir. Le nom de « maman » devait probablement éveiller quelque chose chez lui. Newt s'efforça de réfléchir, malgré cette sensation que tout s'écroulait autour de lui, comme si un tremblement de terre dévastateur secouait la planète entière pour parachever l'apocalypse.

Il fit rapidement le tour de la cabane pour vérifier qu'elle ne traînait pas dans les parages. Elle leur avait peut-être déniché un meilleur point de chute. Ou peut-être qu'elle leur en cherchait un.

« Crétin », se dit-il. Même s'il la connaissait depuis vingt-quatre heures à peine, il ne l'avait encore jamais vue quitter le gamin des yeux. Il retourna auprès de Dante, le souleva dans ses bras et l'installa confortablement contre lui.

— Ne t'en fais pas, mon bonhomme, lui dit-il. On va retrouver ta maman.

Il s'accorda cinq secondes pour décider dans quelle direction aller. Vers la zone centrale ? Ou vers le portail de sortie de l'Hôtel des Fondus ? Il opta pour le portail, parce que c'était plus près et que ce serait un bon endroit pour commencer à quadriller ce dédale de tentes et de cabanes.

— Accroche-toi, petit. On y va.

* * *

L'anxiété qui lui tenaillait les entrailles s'intensifiait un peu plus à chaque pas. L'incertitude dans laquelle il se retrouvait plongé était insupportable. Il devait absolument découvrir où elle était passée, ce qui lui était arrivé. Il était tellement agité que Dante faillit lui échapper des mains. Que ferait-il du petit s'il ne la retrouvait pas ?

Et puis, il l'aperçut.

Cette vision eut un effet étrange sur lui. Il ressentit en même temps un soulagement énorme, et un désespoir sans fond pour l'avenir.

Elle allait bien, physiquement tout au moins. Elle était seule.

Elle cheminait lentement, à deux cents mètres du portail. Elle avait le sac de Newt sur les épaules, son propre sac au creux de son bras gauche, et dans la main droite elle tenait un sac de grosse toile qui semblait peser une tonne. Tous les deux ou trois pas, elle marquait une pause pour raffermir sa prise dessus.

— Keisha ! l'appela-t-il. (Soit elle ne l'entendit pas, soit elle fit la sourde oreille ; en tout cas, il se mit à courir.) Keisha ! Attends-moi !

Elle continua d'avancer.

Newt la rattrapa, la dépassa et se campa devant elle, tenant Dante à bout de bras comme pour faire honte à sa mère de l'avoir abandonné. Elle s'arrêta en les voyant, mais son visage demeura sans expression – elle paraissait épuisée, complètement dépourvue d'émotion, les cheveux poissés de sueur.

— Keisha, gronda Newt en s'efforçant de maîtriser sa fureur. Qu'est-ce qui te prend ?

Elle lâcha son sac de toile. Puis elle fit glisser son propre sac le long de son bras qui tomba dans la poussière. Enfin, avec un air de défaite, elle ôta le sac de Newt de ses épaules. Celui-ci entendit tinter son lanceur à l'intérieur et espéra que son journal s'y trouvait aussi. Elle resta plantée là, la tête basse, le temps de reprendre son souffle.

— Je savais qu'il serait en sécurité avec toi, murmura-t-elle.

L'expression qui s'afficha alors sur son visage eut raison de la colère de Newt. C'était de la tristesse à l'état pur. Ses yeux, sa bouche, ses joues, tous ses traits pendaient vers le sol comme si la gravité venait de se rappeler à eux.

— Que se passe-t-il ? demanda Newt. Où allais-tu ? Comment as-tu pu laisser Dante ?

Le gamin gigotait dans ses bras et Newt le posa par terre. Il courut vers sa mère, qui s'agenouilla et enlaça l'unique enfant qui lui restait. Elle le serra très fort, et il lui rendit son étreinte. Des larmes jaillirent des yeux de Keisha.

— Je suis désolée. Je suis tellement désolée, murmura-t-elle en boucle.

Déconcerté, Newt s'assit à côté d'eux. Comment était-il censé réagir à cette situation incompréhensible ? Qu'était-il censé dire ? Rien ne lui vint. Il demeura donc silencieux et assista à des retrouvailles qui n'auraient jamais dû se produire. Keisha avait abandonné son enfant. Comment la folie qui la rongeait avait-elle pu progresser à ce point, si vite ?

Quelques minutes s'écoulèrent ainsi. Puis Keisha rompit le silence, avec une phrase si inattendue et hors de propos qu'elle dut la répéter.

— J'ai un téléphone portable.

— Hein ?

— J'ai un téléphone portable.

11

Newt n'avait jamais possédé de téléphone portable. Il savait ce que c'était, bien sûr. Malgré l'Effacement qu'il avait subi, il se rappelait que ces appareils étaient extrêmement courants dans le monde d'avant. Mais c'était désormais un vestige du passé, qu'il avait fallu remplacer par des lignes terrestres ou des communications radio dans cet univers ravagé.

Keisha paraissait croire que sa réponse suffisait à expliquer pourquoi elle avait abandonné son enfant, volé les affaires de Newt et pris le chemin de la sortie.

— D'accord, dit Newt en se penchant en avant, les coudes en appui sur les genoux. Tu as un téléphone portable. Et alors ? Est-ce que ça veut dire que tu travailles pour le WICKED ? Que tu es une espionne à la solde de je ne sais quel médecin maléfique venue étudier de près un ex-blocard ? C'est ça ?

Ce barrage de questions ramena Keisha à la réalité.

— Hein ? De quoi tu parles, là ?

— Pourquoi as-tu un téléphone portable ? demanda Newt avec une impatience croissante.

Keisha haussa les épaules.

— C'est mon mari qui l'a volé. Il y a environ un mois, avant d'être... Peu importe. J'avais juré de ne jamais te raconter cette histoire, non ?

— Pas exactement. Tu m'as juste fait promettre de ne jamais t'interroger à ce sujet. J'ai tenu parole.

— En effet. (Elle le dévisagea longuement. Dante également, avec un petit sourire malicieux qui dérida un peu Newt.) Bref, l'important, c'est que j'aie un téléphone portable.

Newt leva les mains en un geste de frustration.

— En quoi est-ce important, Keisha ?

— Parce qu'il fonctionne. Je ne l'allume qu'une fois par jour, pour économiser la batterie. Je l'éteins tout de suite après. Je n'ai pas souvent l'occasion de le recharger.

Newt sentait quelque chose lui comprimer le torse, qui l'empêchait d'inspirer à pleins poumons.

— Quelqu'un t'a appelée ? Ou t'a envoyé un message ?

Keisha hocha la tête avec une lenteur délibérée.

— Oui, Newt, quelqu'un l'a fait. Absolument.

Voyant qu'elle n'ajoutait rien de plus, il leva les mains encore une fois.

— *Qui* ?

Keisha soupira, puis se pencha pour déposer un baiser sur la tête de Dante. Lorsqu'elle se redressa, Newt eut l'impression qu'elle hésitait à prendre une décision importante. Il s'efforça de se rappeler qu'elle n'était peut-être pas en pleine possession de ses moyens, qu'elle n'avait sans doute pas la lumière à tous les étages comme le disait souvent…

Son père. Comme le disait son père. Des images lui revinrent en mémoire, confuses. Les visages de son père, de sa mère, de sa sœur… Il ferma les yeux et secoua violemment la tête. Il n'avait vraiment pas besoin de cela en ce moment. Il ne savait même pas si ces souvenirs étaient réels. Il n'avait pas envie de devenir fou… pas encore.

— Ça va ? s'inquiéta Keisha.

C'en était presque drôle. Voilà qu'elle s'inquiétait pour lui, maintenant. Une dingue qui s'inquiétait pour un autre dingue.

— Oui, répondit-il à voix basse. Ça va.

— Tu vas devoir t'occuper de Dante.

Newt lui jeta un regard noir.

— M'occuper de lui ? Je te demanderais bien si tu es devenue folle, mais je connais déjà la réponse.

— Je savais que tu dirais non si je te le demandais. Alors je l'ai nourri et je suis partie, sachant que tu reviendrais bientôt. De toute façon, il y avait aussi Terry et Maria. J'ai réuni toute la nourriture que j'ai pu et j'en ai enterré un sac derrière la cabane. J'imagine que tu n'as pas vu le mot que je t'avais laissé ?

— Non, répondit Newt d'une voix lasse. (Il indiqua d'un coup de menton le sac de toile posé à côté d'elle.) Ça aussi, c'est de la nourriture ?

Keisha fit oui de la tête.

— Tu veux bien me dire ce qui se passe ? Je n'arrive pas à comprendre pourquoi tu as abandonné ton fils. Sans parler du vol de mes affaires.

Elle le dévisagea pendant quelques secondes en réfléchissant.

— D'accord. Allons nous mettre sous ces arbres, ça évitera que des Immunes armés de lanceurs viennent nous poser des questions encore plus stupides que les tiennes.

Newt l'aida à transporter les trois sacs dans un coin ombragé à l'écart du chemin.

— Si tu trouves mes questions stupides, dit-il avec tout le venin dont il était capable, ça prouve que tu as pété un fusible. Tu as laissé tomber ton *enfant*, Keisha. J'ai le droit de poser toutes les questions débiles que je veux.

— Je sais, je rigolais. Pardon. Je ne peux pas m'empêcher de faire la maligne, même quand le monde part en sucette. Désolée.

Newt posa leurs sacs au pied d'un grand arbre, puis se laissa tomber au sol, adossé au tronc. Keisha s'assit et installa Dante sur ses genoux. La journée était chaude et ensoleillée, avec une petite brise pour rafraîchir leur peau en sueur.

— Je t'avais laissé des fringues et ton journal, dit Keisha. Dans le sac que j'ai caché.

Newt secoua la tête.

— C'est gentil, mais ça n'explique toujours pas pourquoi tu as laissé Dante. Au contraire ! Ça montre que tu avais les idées suffisamment claires pour te préoccuper de moi. Mais pas de ton fils ? Franchement… je ne sais même pas quoi dire.

— D'accord, Newt, j'ai compris. Je suis quelqu'un d'abominable. Je peux te raconter mon histoire, maintenant ?

— Oui, Keisha, je t'en prie. Raconte-moi ton histoire. Je suis tout ouïe.

Elle lui jeta un regard dur, mais ne releva pas – elle n'était pas en position de se plaindre de ses sarcasmes.

— Écoute… Je suis venue ici avec Dante plus tôt dans la journée. Ils m'ont interdit de sortir, évidemment. Je les ai suppliés. Ils m'ont dit non, pas moyen. D'après eux, si on apprenait qu'ils avaient laissé sortir un gosse, ils se feraient tous virer, peut-être même jeter en prison. Vu que les gosses sont notre avenir et toutes ces salades. Des foutaises ! Je n'en pouvais plus, Newt. J'étais complètement désespérée. Je leur ai demandé s'ils accepteraient de me laisser passer si je laissais Dante en promettant de revenir. Comme un otage, si tu veux.

— Un otage.

Elle hocha la tête.

— Sauf qu'ils m'ont répondu que j'allais devoir… le mériter. En leur accordant une faveur ou en les payant, d'une manière ou d'une autre. Alors j'ai fouiné partout et j'ai volé toutes les provisions que j'ai pu trouver dans les cabanes des alentours. Ainsi que tes affaires dont on pourrait se passer. Je t'ai laissé ton couteau et ton journal, quelques fringues, mais j'espérais pouvoir me payer un ticket de sortie avec le reste – la nourriture, le lanceur, et tout ça.

Elle indiqua d'un geste les sacs à dos et le sac de grosse toile posés à côté de Newt.

Il n'aimait pas beaucoup les implications de son discours, même si ce n'était pas à lui d'en juger. Toutefois lui avoir laissé Dante sur les bras sans même lui demander son avis… Enfin, il décida d'en rester là pour l'instant.

— D'accord, je comprends, dit-il. Mais *pourquoi*, Keisha ? Que se passe-t-il ? Où avais-tu l'intention d'aller ?

— C'est une triste histoire, Newt. La plus triste que je puisse concevoir. En fait, je n'aurais jamais pu en imaginer une pareille. Tu es sûr de vouloir l'entendre ?

Quelques secondes plus tôt, il avait insisté pour avoir une explication. À présent, il hésitait. Cependant il n'avait pas le choix.

— Donne-moi la version condensée, ça suffira.

Elle ricana.

— La version condensée, hein ? D'accord, si tu veux. Alors voilà : mon salopard de mari a tué pratiquement toutes les personnes que j'aimais. C'est assez condensé pour toi ?

Newt se sentait incapable de la regarder dans les yeux. Pourquoi ne pouvait-elle pas tout simplement confier Dante à quelqu'un d'autre, ou le balancer par-dessus le mur ? Il devait bien y avoir une autre solution, n'importe laquelle. Il n'avait plus aucune envie d'entendre son histoire. S'il n'y avait pas eu Dante et ses grands yeux innocents, Newt se serait levé et serait parti sans hésiter. Ses propres problèmes lui suffisaient amplement.

Il demanda à contrecœur :

— Ce serait plutôt une raison supplémentaire de ne *pas* abandonner Dante, non ? Quoi qu'il arrive ?

— Ma fille est toujours en vie, Newt. Tu m'entends ? Elle est avec mon frère, alors qu'il y a quelques heures encore je les croyais morts depuis des semaines. J'hésite même à le dire à voix haute, au cas où ce serait juste un sale tour de plus que me jouerait ce monde tordu. Une foutue blague du démon, avec Dieu en personne qui rigolerait d'en haut. Seigneur, ayez pitié, amen, alléluia.

— Keisha ?

Elle le regarda, les larmes aux yeux.

— Quoi ?

— Tu dis de drôles de trucs. Tu es sûre que ça va ?

— Non, ça ne va pas, Newt. Mais il faut que je sorte d'ici et que j'aille récupérer ma fille. Je n'ai pas le choix, tu comprends ? Ça devrait me prendre une journée, au maximum. Si Dante devait être livré à lui-même pendant ce temps-là, il s'en sortirait. Ça vaut la peine de courir le risque si je peux ramener ma fille et que ça nous permet de... vivre tous ensemble le temps qu'il nous reste.

Il ne comprenait pas – et approuvait encore moins – son plan. Il ne la croyait pas tout à fait lucide, pas tout à fait saine d'esprit. Et quelle que soit son histoire, dont il n'entrevoyait qu'un minuscule fragment, cela n'excusait pas le fait d'avoir abandonné son fils. Toutefois, sa vie à lui n'avait-elle pas été une longue succession de choix impossibles ? Oh que si.

— Donc, résuma-t-il, tu pensais t'acheter un bon de sortie, retrouver ton frère, qui garde ta fille, et la ramener à l'Hôtel des Fondus avec toi ? Tu crois réellement qu'elle aura une meilleure vie ici qu'avec son oncle ?

Il n'aurait pas dû lui dire cela. La souffrance qu'il lut sur son visage lui fit mal. Comment pouvait-on attendre d'elle qu'elle agisse de manière rationnelle dans un monde en proie à la folie ? Alors qu'elle avait la Braise et devenait un peu plus cinglée de jour en jour ? Peut-être même d'heure en heure ?

— Tant mieux si les choses ont l'air simples pour toi, répliqua-t-elle d'un ton amer. Mais concernant mes propres enfants, je vais prendre mes décisions toute seule, merci. Alors, est-ce que tu veux bien t'occuper de Dante jusqu'à mon retour, oui ou non ? Dans le cas contraire, confie-le à Terry et à Maria s'il te plaît. Moi, il faut que j'y aille.

Elle se leva, tenant son fils d'un air incertain. Malgré ses paroles bravaches, elle était manifestement réticente à l'abandonner une deuxième fois. Newt, qui venait d'envisager une série de possibilités avec une vivacité d'esprit dont il ne se serait pas cru capable au vu des derniers jours, espéra qu'il ne regretterait pas ce qu'il s'apprêtait à dire.

— J'ai une idée. Comment s'appelle ta fille ?

Keisha fronça les sourcils. Elle n'était sans doute pas d'humeur pour une autre de ses idées stupides.

— Jackie. Elle a dix ans. Pourquoi ?

— S'il te plaît, dit-il. Assieds-toi et donne-moi une minute. Peut-être deux. Après, si tu tiens toujours à y aller, je te promets de veiller sur le petit bonhomme jusqu'à ce que tu reviennes.

Elle hésita quelques secondes, par amour-propre, avant de se résoudre à l'écouter.

— D'accord. Une minute et demie. Je t'écoute.

Elle lui sourit avec une politesse forcée.

Il se mit à parler à toute vitesse.

— Je sais bien que ton histoire est sans doute mille fois pire que le peu que tu m'en as dit. Crois-moi, j'en suis désolé. Sincèrement. Et ce n'est pas à moi de te dire comment t'occuper de tes affaires, et encore moins de tes gosses. Cela dit, ne serait-il pas préférable que tu puisses vivre *dehors*, avec ton frère et avec Jackie, plutôt qu'ici ? Moi, j'ai besoin d'une raison de vivre, surtout après ce que j'ai vu dans la zone centrale… je te raconterai. On a tous besoin de ça. Je crois pouvoir nous trouver de l'aide et nous faire sortir d'ici. Avec tout un groupe. On vous conduira chez les tiens, Dante et toi, et pour la suite on verra bien. Mais notre priorité sera de te ramener auprès de ta fille. Ma décision doit te paraître un peu précipitée, n'empêche que je suis résolu à le faire. Pour toi et pour Dante. Pour moi. Pour Jackie.

Il s'interrompit afin de reprendre son souffle.

— J'ai juste besoin d'un peu de temps pour élaborer un plan. Qu'en dis-tu ?

Il n'était pas certain d'avoir tenu un discours complètement cohérent.

Keisha ne répondit pas tout de suite. Elle caressa distraitement la tête de Dante, réfléchissant à la proposition de Newt. Celui-ci, bien sûr, pensait à Jonesy, l'homme aux cheveux gras qu'il avait rencontré à l'extérieur de la zone centrale. Il avait semblé farouchement déterminé à le protéger. Newt pourrait sans doute faire appel à lui. Il attendit la réaction de Keisha.

— Pourquoi ferais-tu ça pour moi ? finit-elle par demander, renonçant temporairement à son attitude de dure à cuire. Mis à part que ce ne sera pas aussi facile de nous faire sortir que tu as l'air de le croire, qu'as-tu à y gagner ?

— Ça ne devrait pas être plus difficile que de convaincre les gardes de te laisser sortir et revenir avec ta gamine. Et puis, tu voudrais vraiment y aller toute seule ? J'ai un mauvais pressentiment. À mon avis, il y aurait très peu de chances qu'on te revoie un jour, Dante et moi.

Keisha soupira.

— J'ai dit à part ça. Quel est ton intérêt là-dedans ?

Newt se leva et ramassa son sac à dos, comme si elle avait accepté sa proposition.

— Je te l'ai dit, j'ai besoin d'une raison de vivre. D'un dernier objectif. Je veux accomplir une bonne action avant de devenir cinglé. Je veux vous aider, Dante et toi. Et puis, je suis curieux de connaître ta fille. De voir si elle est aussi butée que sa maman.

Keisha essuya une larme.

— Tu es sacré petit malin, toi, hein ?

— On peut dire ça comme ça.

Il lui tendit la main. Elle la prit et se releva gracieusement, calant Dante sur sa hanche.

— C'est d'accord, dit-elle. Merci.

12

Le bon côté des choses, c'était qu'ils possédaient désormais un sac rempli de provisions dont la moitié au moins étaient comestibles. Plus un autre enfoui derrière leur cabane, apparemment. Newt avait l'intention de récupérer ses vêtements et son journal avant le coucher du soleil, mais d'abord il voulait manger quelque chose. Keisha et lui fouillèrent donc dans le sac de grosse toile.

Newt en sortit une boîte de chili à réchauffer. Que la date de péremption indiquée sur l'étiquette fût largement dépassée lui faisait ni chaud ni froid. C'était l'apocalypse, il n'allait pas se préoccuper de ce genre de détails. Il voulait ce chili. Il en avait très envie.

— Voici le dîner, annonça-t-il. S'il te plaît, dis-moi que pendant que tu cambriolais la moitié des cabanes du voisinage tu en as aussi profité pour faucher un ouvre-boîte.

— Pas la peine, petite tête. J'ai un canif à trente-six lames, tu sais ? Il y en aura bien une dans le lot qui acceptera d'ouvrir ça.

Elle gloussa, amusée par sa propre plaisanterie. Newt sourit.

— Ton couteau magique n'aurait pas aussi des allumettes, par hasard ? Parce que bien que je sois tout à fait disposé à manger ce chili froid, si on pouvait le réchauffer, ce ne serait pas de refus.

— Non, en revanche j'ai un silex et un morceau de fer. J'espère que tu sais t'en servir sinon notre dîner tombe à l'eau. Mais là d'où tu viens, je parie qu'on t'a appris à allumer un feu sans allumettes.

— Bien sûr, qu'est-ce que tu crois ?

En réalité, il en était parfaitement incapable. Ils avaient toujours eu des allumettes au Bloc.

— À la bonne heure ! Allons ramasser du bois, je meurs de faim.

* * *

Plus tard dans la soirée, alors qu'il avait écrit dans son journal et que le soleil était couché depuis longtemps, Newt s'allongea dans le même coin où il avait dormi la nuit précédente – laquelle semblait remonter à une éternité. Il faisait noir et on n'entendait aucun bruit. Enfin, presque aucun. Des cigales chantaient à l'extérieur et Keisha respirait doucement dans son sommeil. Dante aussi ; on aurait pu croire qu'un chiot somnolait à l'autre bout de la pièce. Il sentait la fatigue l'entraîner comme un courant.

Dans quoi s'était-il donc embarqué ? Il ne regrettait pas la promesse qu'il avait faite à Keisha. Il s'en serait voulu de ne pas l'avoir faite. Il repensait en boucle à tout ce qui aurait pu mal tourner. Il aurait pu se dégonfler. Keisha aurait pu dire non. Ou bien il aurait pu ne pas réussir à la rattraper, avant qu'elle tente de corrompre les gardiens. Bien sûr que la journée aurait pu se terminer beaucoup plus mal, c'était quand même l'Hôtel des Fondus, l'apocalypse, tout ça. Mais ils étaient encore en vie, et désormais ils avaient même un objectif. C'était bien.

Ce qui ne voulait pas dire que Newt ne se sentait pas nerveux. Bougrement nerveux.

Néanmoins, c'était une bonne nervosité.

Quand il avait rédigé ce petit mot à l'intention de Thomas et des autres, à l'intérieur du berg, pour leur dire qu'il allait vivre en compagnie des fondus, il avait cru avoir un plan. Quel idiot ! Une vraie tête de pioche, comme aurait dit Minho. Voilà ce qu'il était, et ce qu'il serait toujours.

Pourtant, il avait bel et bien un plan. En plusieurs étapes. D'abord, il irait trouver l'homme aux cheveux gras, Jonesy. Il lui expliquerait ce qu'il voulait. Ils réfléchiraient à la manière de l'exécuter, puis ils l'exécuteraient. C'était aussi simple que ça. Une fois que Dante et Keisha seraient sauvés, peu importait la suite.

Une vive douleur explosa sous son crâne. Newt se redressa brusquement, bascula en avant et se roula en boule en se tenant la tête à deux mains. La douleur persista, insupportable, comme si on essayait de lui scier le cerveau. Il étouffa un cri ; il ne voulait pas réveiller Keisha, ne voulait pas l'inquiéter. Il se frotta les tempes en priant pour que ça s'arrête.

La douleur se prolongea pendant trente secondes, une minute tout au plus. Puis elle s'atténua, avant de disparaître complètement. Il s'assit, dos au mur, et s'efforça de calmer sa respiration sans faire trop de bruit. Bon sang, ce qu'il avait eu mal ! Enfin, c'était fini. Il poussa un gros soupir de soulagement et ferma les yeux. C'était sûrement en rapport avec ses souvenirs. Peut-être que le virus s'était attaqué à l'Effacement.

C'était le fait de penser à Keisha et à ses enfants qui avait déclenché la crise. Une mère, son fils, sa fille. Une mère, un frère, une sœur. Newt ne comprenait pas vraiment ce qui s'était passé. Il savait seulement qu'il avait ressenti une douleur fulgurante, qui avait reflué rapidement. Et maintenant…

Une mère. Un père. Une sœur.

Quelques souvenirs diffus émergeaient du fond de sa mémoire.

Juste assez pour le rendre triste, pour lui confirmer qu'il fallait qu'il s'occupe s'il ne voulait pas sombrer définitivement.

S'enfoncer dans la noirceur et ne plus jamais voir le jour. Oui. Il devait s'occuper. Se rendre utile, et laisser une trace infime en ce bas monde.

C'était précisément ce qu'il avait l'intention de faire.

Demain, il irait parler à Jonesy.

Deuxième partie

UNE LUMIÈRE AU BOUT DE LA ROUTE

13

Il faisait une chaleur étouffante à l'intérieur du bowling.

Sans parler de l'odeur. Ça sentait le chien crevé, comme disait sa mère. Généralement à propos de sa chambre. Il avait beau repousser ses vêtements et ses chaussettes sales tout au fond de son armoire, la puanteur s'en échappait toujours quand sa mère pénétrait dans sa chambre. Il prétendait qu'elle attirait ces odeurs comme la flamme attire les papillons – juste pour faire rire sa sœur.

Ce souvenir le fit s'esclaffer, même s'il n'y avait pas de sœur à l'horizon. Tous les regards convergèrent vers lui, ce qui le fit rire encore plus fort. Jonesy, son nouveau garde du corps, aux cheveux toujours aussi gras, pouffa à son tour par politesse.

Quelques jours avaient passé depuis que Newt avait eu sa violente migraine. Depuis que Keisha avait accepté son plan. Depuis qu'il avait retrouvé quelques souvenirs de sa famille, dûment consignés dans son journal qu'il gardait sur lui en permanence.

N'empêche qu'il avait la sensation de… glisser.

De s'enfoncer dans un abîme.

Il ne pouvait plus le nier désormais. Son cerveau s'agitait, tremblait, se paralysait. Il avait de plus en plus de mal à conserver les idées claires. Il perdait peu à peu prise sur la réalité, aussi bien dans le présent que dans ce passé, beau et douloureux, qu'il se remémorait.

Mais pour l'instant, il ne devait s'accrocher qu'à un seul objectif. Et c'était bien suffisant.

Assis sur la piste la plus à gauche, où il y avait moins de monde, il fixait les feux dans les niches où se logeaient les quilles autrefois. Alignés sur toute la salle, ils ressemblaient à une succession de gueules enflammées. Il avait son lanceur sur les genoux – il avait déjà dû l'arracher à trois reprises à des gardiens qui essayaient de le lui prendre, en se montrant chaque fois un peu plus violent. Après l'incident de ce matin, il espérait qu'ils le laisseraient tranquille. Il en était ressorti un peu amoché, mais comme il l'avait déclaré en plaisantant à une inconnue effrayée par son aspect : « Tu aurais dû voir comment j'ai arrangé les autres. »

Il était donc assis là, à ruminer en silence. Il écrivait dans son journal. Il se reposait. Il essayait de contenir son excitation à propos de ce qu'il prévoyait.

— Newt ?

Il ne réagit pas. Il ne réagissait jamais. Les gens lui cassaient sans arrêt les pieds, rarement pour de bonnes raisons, alors le plus souvent, il faisait la sourde oreille. Après tout, il était ce qui se rapprochait le plus d'une célébrité à l'Hôtel des Fondus.

— Hé, Newt !

On lui secoua gentiment l'épaule.

Il se retourna.

Jonesy était là, en compagnie de deux gardiens immunisés, un petit gros et un grand moustachu. Les gardiens étaient sur la défensive après la mini-émeute du matin, conscients que s'ils voulaient maintenir l'ordre ils avaient intérêt à ne pas trop contrarier Newt et ses copains. Newt aimait bien considérer ses nouveaux alliés comme des copains. Il avait toujours voulu avoir des copains.

— Qu'est-ce qu'il y a ? demanda-t-il.

Peut-être avaient-ils décidé de l'arrêter.

Ce fut le petit gros qui répondit. C'était toujours le premier à ouvrir sa grande bouche.

— Il y a des gens qui sont là pour te voir, annonça-t-il.

Chaque mot qu'il prononçait exprimait clairement à quel point il détestait son métier, comme si chaque syllabe pesait une tonne.

Newt soupira.

— Dites-leur ce que je dis à tous les autres. Pas d'histoires à propos du Labyrinthe, ou du WICKED, ou de quoi que ce soit. Je n'ai rien à raconter.

— Je ne suis pas venu tailler le bout de gras avec toi, fiston. On m'a payé pour transmettre un message, et c'est ce que je fais. Je me fiche complètement de ce que tu en fais.

— On vous a payé ? s'exclama Jonesy. Parce que les gens *paient* pour le voir, maintenant ?

Il y avait une pointe de regret dans sa voix, comme si l'évasion qu'ils envisageaient avec Keisha risquait de le priver d'une source potentielle de profits.

— Ils sont arrivés en berg, dit le moustachu. Ce ne sont pas des fondus.

Newt n'entendit pas cette dernière phrase. Il s'était arrêté au mot « berg ». Un bourdonnement dans ses oreilles avait occulté la suite. Le bowling s'était mis à tanguer devant ses yeux. La nausée lui tordit les entrailles et lui remonta dans la gorge. Il dut ravaler un jet de bile.

Il se domina.

— Comment ça, en berg ? Qu'est-ce que… ?

Une part de lui voulait que ce soit vrai. Une autre souhaitait le contraire.

— Qu'est-ce que tu ne comprends pas là-dedans ? grommela le petit gros. Bon, tu veux les voir ou pas ? Oui ou non ?

— Est-ce qu'ils vous ont dit leurs noms ?

Newt connaissait déjà la réponse, bien sûr. Il cherchait simplement à gagner du temps.

— Thomas… Minho… Brenda, je crois. Plus un autre gars, le pilote.

Newt venait de passer plusieurs jours à se reconstruire alors qu'il sentait son esprit lui échapper. Il avait consolidé son petit groupe de confiance autour de Jonesy et ses acolytes – ç'aurait pu être le nom d'un groupe de rock dans le monde d'autrefois –, tourné la page de Thomas et du WICKED, et planifié une évasion. Il s'était donné des objectifs à court terme pour reprendre le contrôle de sa vie. Le matin même, il avait pris part avec enthousiasme à une petite émeute dans laquelle il n'avait reçu qu'un ou deux coups de poing de moins qu'il n'en avait donné. Ç'avait été un moment intense, exaltant, grisant. Demain, il se lancerait dans la dernière grande aventure de sa vie.

Et cet imbécile de gardien qui lui arrivait tout juste à l'épaule venait de balayer tout cela en une poignée de mots. Pourquoi ? Qu'est-ce que Tommy pouvait bien lui vouloir ? Comment le convaincre de le laisser tranquille, de lui laisser gérer la Braise comme il l'entendait ? Newt savait enfin ce qu'il voulait, il se sentait apaisé. Ne pouvaient-ils pas l'oublier, simplement ?

— Alors ? insista le gardien, l'arrachant à ses ruminations. C'est oui ou c'est non ? Qu'est-ce qui ne va pas chez toi ? Je t'accorde trois secondes pour me répondre.

Newt ne pouvait pas les voir. C'était impossible. Ça le briserait définitivement.

— Non, répondit-il avec toute la fermeté dont il était capable. Dites-leur d'aller se faire voir.

— Tu es sûr de…, commença le moustachu.

— Non ! hurla Newt. Je ne veux pas les voir ! Jamais !

Des points lumineux dansèrent devant ses yeux. Il s'attendait à une réaction violente, peut-être un coup de crosse en pleine figure, ou pire. Mais il les avait pris de court et les gardes ne surent pas comment réagir.

Sans un mot, le petit gros et le moustachu tournèrent les talons et ressortirent du bowling.

Newt ferma les yeux et s'efforça de ne pas revoir le visage de Tommy dans la grisaille de son esprit. De ne pas voir celui de Minho. Ni de Jorge, de Brenda, de Teresa ou d'Alby, de Gally ou de Chuck.

Il les revit tous.

14

Newt fit face au mur pour tourner le dos aux gardiens, à l'entrée, à sa petite bande, au monde entier. Il fulminait en silence, conscient que la fureur qu'il ressentait était parfaitement irrationnelle, mais incapable d'y faire quoi que ce soit. Il respirait péniblement, douloureusement. La décision qu'il avait prise d'abandonner ses amis et de quitter le berg avait été très difficile, presque insupportable. Toutefois, ç'avait été la bonne. Comment pouvaient-ils le placer dans cette situation, l'obliger à refaire le même choix ? Il tremblait de rage, tenant son lanceur dans ses bras comme un bébé ; il envisagea même de le retourner contre lui pour briser le cercle infernal de ses cogitations. Cela ne le tuerait pas, mais au moins ça lui donnerait un coup de fouet salutaire.

— Newt, ça va ?

Jonesy. Comment Newt avait-il pu choisir de s'allier à quelqu'un comme lui au lieu de se reposer sur ses amis ? Il fallait vraiment qu'il soit devenu cinglé. « Non », se reprocha-t-il. Il avait fait ce qu'il devait. Avoir la Braise était déjà assez pénible. Voir en plus Tommy et les autres s'apitoyer sur son sort… ç'aurait été au-dessus de ses forces. Il ne reviendrait pas là-dessus.

— Newt ? insista Jonesy.

— Ça va ! s'écria Newt en faisant volte-face vers son garde du corps au visage olivâtre et aux cheveux huileux. Fichez-moi la paix, c'est tout !

La petite amie de Jonesy – dont Newt avait encore oublié le nom – gisait sur le sol à quelques pas, gémissant doucement sous l'effet du bliss. Newt n'avait jamais eu aussi envie de s'offrir une dose de cette drogue qu'en cet instant. Mais il avait déjà les idées suffisamment embrouillées. Il ne voulait pas compromettre le peu de lucidité qui lui restait, au risque de prendre une décision regrettable. Que pourrait-il lui arriver de pire que de repartir en compagnie de ses amis, pour devoir les abandonner une deuxième fois ?

Il se tourna de nouveau face au mur, baissa la tête et ferma les yeux. En s'efforçant de réprimer la colère qui le rongeait comme de l'acide, qui le brûlait comme de l'essence enflammée. Pourquoi avait-il fallu qu'ils reviennent ? Pourquoi ?

Un long moment s'écoula, pendant lequel il eut l'impression de rester suspendu dans le vide, de flotter au cœur d'une bulle de rage à l'état brut. Une heure, peut-être, ou bien quinze minutes, il n'aurait pas su le dire. En tout cas, il lui fallut faire appel à toute sa volonté pour ne pas se déchaîner sur la première personne qui passait à sa portée. Pour ne pas tirer sur quelqu'un avec son lanceur, rien que pour se soulager.

— Newt, murmura Jonesy à moins d'un mètre, assez fort pour que tout le monde à proximité puisse l'entendre. Les Immunes ont ramené ces gens ici. Ceux que tu ne voulais pas voir !

Newt fit pivoter brusquement sa tête. Alors qu'il fixait l'entrée du bowling, il vit Minho franchir le seuil. Il se découpait à contre-jour sur la lumière qui venait de l'extérieur, mais on ne pouvait pas s'y tromper. Il fut suivi de Tommy, qui tenait Brenda par la main.

Newt se détourna si vite qu'il en eut le vertige. Il eut tout juste le temps d'apercevoir Jorge du coin de l'œil.

Ils étaient venus le chercher. Malgré tout. Malgré le message qu'il avait laissé à Tommy. Malgré le refus que cet imbécile de gardien avait dû leur transmettre. Ils étaient venus. Une rage dévastatrice s'empara de lui. Comme un poison qui lui rongeait les entrailles. Comme un brouillard acide sur sa peau. Que lui arrivait-il ? Était-ce cela qu'on ressentait à la dernière étape de la Braise, à l'instant de basculer définitivement dans la folie ?

— Ils arrivent, chuchota Jonesy, gagné par la panique pour la première fois depuis que Newt l'avait rencontré quelques jours auparavant.

Il craignait sans doute de devoir restituer son précieux bien à ses anciens propriétaires.

Newt sentit approcher ses amis. Il entendit la respiration de Minho, les pas de Tommy. Il connaissait ces gens mieux que personne. Et pour une raison qu'il ne s'expliquait pas, il brûlait d'envie de leur crier dessus et de les réduire en charpie. « Je suis vraiment en train de perdre la boule, se dit-il. Au moins je n'ai plus besoin d'en avoir peur. »

Il vida son sac en vociférant, avec les mots qu'ils utilisaient dans le Bloc en signe de rébellion contre leurs ravisseurs.

— Tas de tocards, je ne vous avais pas dit de me laisser tranquille ?

Son pouls s'emballa, se mit à tambouriner contre ses tempes, dans son cou, ses poignets, son torse.

Boum, boum, boum. Cela résonnait jusque dans son cerveau.

— Il faut qu'on te parle, dit Minho.

Newt l'entendit à peine à cause du sang qui grondait à ses oreilles. Il avait l'impression qu'on lui pompait de l'acide dans le cœur, au moyen d'une machine puissante, qui accentuait encore le bruit.

Newt sentit une ombre se poser sur lui.

— Pas un pas de plus, marmonna-t-il. Ces salopards ne m'ont pas amené ici sans raison. Ils me prenaient pour une saleté d'Immune planqué dans ce foutu berg. Imaginez leur tête quand ils se sont rendu compte que la Braise me bouffait le cerveau. Il paraît qu'ils ont accompli leur devoir civique en me larguant dans ce trou à rats.

Ces mensonges lui venaient tout seuls, dans un spasme ; la vérité n'importait plus. Il devait les convaincre de repartir, quel qu'en soit le prix.

Tommy répondit d'un ton glacial :

— Pourquoi crois-tu qu'on est là, Newt ? Je suis désolé que tu aies dû rester à la traîne et que tu te sois fait prendre. Je suis désolé que tu te sois retrouvé ici. Mais on peut te faire sortir. Apparemment…

La suite se perdit dans le grondement qui résonnait sous son crâne, au rythme implacable des battements de son cœur, et qui refusait de s'arrêter. Newt avait la sensation d'être devenu sourd, que le bruit venait de partout à la fois, aussi bien de l'intérieur de lui que de l'extérieur. Pris de panique, il sentait la réalité lui échapper, comme si le bowling tout entier s'effaçait de son existence. Il devait bouger pour se raccrocher à quelque chose.

Il pivota sur les fesses pour leur faire face, cramponné à son lanceur comme à une bouée de sauvetage.

Minho leva les mains et dit quelque chose que Newt ne parvint pas à entendre à cause du grondement. Son vieil ami recula d'un pas, manquant de trébucher sur la copine défoncée de Jonesy. Il prononça encore d'autres mots, qui se brisèrent contre le mur de bruit.

Newt comprit tout de même qu'il lui parlait de son lanceur, lui demandait où il l'avait trouvé. Il répondit vaguement deux ou trois phrases en bafouillant. D'autres mensonges. Ses mains tremblaient si fort qu'il sentait l'arme s'entrechoquer jusque dans ses os. Ça n'allait pas suffire, de toute évidence. Il s'efforça de se maîtriser, de refouler la rage qui l'habitait. Juste un peu. Juste assez. Le temps nécessaire. Il fallait à tout prix qu'ils s'en aillent. Il le fallait. Combien de temps encore allait-il pouvoir supporter cette épreuve ?

Il les supplia, s'appliquant à leur parler avec franchise et fermeté.

Avec toute la concentration dont il était capable.

— Je… ne me sens pas bien, dit-il. Sincèrement, les tocards, j'apprécie que vous soyez venus pour moi. Je vous jure. Mais c'est là que ça se termine. Vous allez faire demi-tour, remonter dans votre berg et vous tirer. Compris ?

Chaque mot lui demandait un effort. Ses mains tremblaient de frustration.

— Non, Newt, rétorqua Minho. On a risqué notre peau pour arriver jusqu'ici, tu es notre ami et on va t'emmener avec nous. Si tu as envie de te plaindre et de pleurnicher pendant que tu perds la boule, pas de problème. Mais au moins tu seras avec nous, pas au milieu de tous ces fondus.

Newt se leva d'un bond, retrouvant dans ses jambes une vigueur qu'il n'avait pas quelques secondes auparavant. Tommy dut percevoir une lueur de folie dans ses yeux car il battit en retraite, manquant de trébucher. Newt pointa son lanceur sur Minho et laissa exploser sa colère.

— Mais je suis un fondu, Minho ! Je suis un fondu ! Pourquoi est-ce que tu ne parviens pas à te rentrer ça dans le crâne ? Si tu avais la Braise et savais ce qui t'attendait, tu crois que tu aurais envie que tes amis soient là pour assister au spectacle ? Hein ? Tu crois que ça te plairait ?

Il aurait voulu qu'ils protestent. Qu'ils insistent. Qu'ils lui fournissent un prétexte. Mais ils se contentèrent de le dévisager d'un air éberlué.

Newt baissa la voix et poursuivit avec tout le fiel dont il était capable :

— Et toi, Tommy, tu as du culot de te pointer ici et de me demander de vous suivre. Un sacré culot, ça oui. Tu me donnes envie de vomir.

Le visage de Thomas se décomposa.

— De quoi est-ce que tu parles, bon sang ?

Newt eut soudain l'impression de se voir d'en haut, comme par magie. De voir sa folie. Il abaissa son arme et fixa ses pieds.

— Newt, je ne comprends pas, reprit Thomas. Pourquoi tu me dis ça ?

— Désolé, les gars. Vraiment. (Ses excuses avaient du mal à sortir. La situation était à la limite du supportable.) Écoutez-moi bien : je suis de moins en moins lucide, et bientôt je ne le serai plus du tout. Alors s'il vous plaît, tirez-vous.

Alors que Thomas s'apprêtait à répliquer, Newt leva la main et s'écria :

— Non ! Plus un mot ! Tirez-vous, c'est tout. S'il vous plaît. Je vous en prie. Faites ça pour moi. Je vous en supplie, comme je n'ai jamais supplié personne de toute ma vie. Faites-le. J'ai rencontré un groupe de gars dans le même état que moi qui envisagent de se tailler aujourd'hui et de regagner Denver. Je compte les accompagner.

« Je peux encore aider Keisha et Dante, pensa-t-il. Alors que je ne peux rien pour vous. » Il parvenait de nouveau à respirer ; sa colère se dissipait. Il campait sur ses positions, et cela suffisait à l'apaiser. Un peu.

— Je n'attends pas que vous compreniez, continua-t-il, mais je ne peux plus être avec vous. Ça va être suffisamment moche comme ça ; ce sera encore pire si je sais que vous en êtes les témoins. Ou, pire que tout, si je m'en prends à vous. Alors on va se dire adieu une bonne fois, et vous allez repartir en me promettant de garder un bon souvenir de moi.

— Je ne peux pas faire ça, répliqua Minho.

Beaucoup trop calmement. Avec beaucoup trop d'assurance.

Newt s'emporta de plus belle. Il se mit à hurler des phrases sans queue ni tête qu'il oubliait au fur et à mesure. Il serrait si fort son lanceur que les veines saillaient sur ses mains tremblantes.

— Dégagez ! conclut-il.

Il était assis sur une poudrière. Le désastre paraissait inévitable.

Jonesy poussa du doigt Thomas, qui pivota face à lui. Il lui martela le torse avec son index. Les autres fondus de la bande de Newt se pressaient derrière lui, comme de l'eau derrière un barrage.

— Je crois que notre nouveau copain vous a demandé de le laisser tranquille, déclara-t-il.

Thomas ne recula pas.

— Mêlez-vous de vos affaires. Il était notre ami bien avant d'arriver ici.

Jonesy ramena ses cheveux en arrière. Le virus lui donnait l'allure d'un méchant de bande dessinée.

— C'est un fondu, maintenant, comme nous. Ce qui veut dire que ce sont nos affaires. Alors, fichez-lui la paix !

Ce fut le tour de Minho d'intervenir :

— Eh, tocard, tu as les oreilles bouchées par la Braise ou quoi ? C'est une histoire entre Newt et nous. À vous de débarrasser le plancher.

La poudrière était sur le point d'exploser. Il ne manquait plus que l'étincelle.

Jonesy leva la main, montrant le bout de verre qu'il serrait entre ses doigts – assez fort pour le faire saigner.

— J'espérais que vous résisteriez, dit-il. Je m'ennuyais.

Et ce fut l'étincelle qui mit le feu aux poudres.

Jonesy tenta de balafrer le visage de Tommy avec son éclat de verre, et celui-ci bascula en arrière pour éviter le coup. Brenda s'avança et abattit le tranchant de sa main sur le bras de Jonesy. Le colosse lâcha son bout de verre. Minho se jeta sur lui et tous les deux tombèrent sur le plancher, en plein sur la petite amie défoncée du garde du corps. Bliss ou pas, la malheureuse poussa un hurlement étranglé et se mit à distribuer à l'aveuglette coups de poing et de pied. Newt ne distinguait plus qui était qui dans cette mêlée confuse.

Puis sa vision se troubla ; un voile blanc tomba devant ses yeux, et le grondement revint en force, le « boum, boum, boum » assourdissant de son pouls. Il émit un cri guttural qui lui parut provenir de très loin, comme du fond d'un tunnel.

— Arrêtez ! Arrêtez ça tout de suite ! Sinon, je…

Il avait oublié ce qu'il voulait dire. Il avait complètement perdu le contrôle ; il sentait vaguement le poids du lanceur entre ses mains, qu'il balançait à droite, à gauche, comme s'il mimait un tir de mitraillette. Il tremblait de rage. Ne sachant pas quoi faire d'autre, ne voyant pas d'autre moyen d'évacuer l'énergie incroyable qui s'accumulait en lui, il pressa la détente.

Il vit à peine le projectile frapper Jonesy au torse et exploser en éclairs bleutés. Le rugissement en lui occultait les autres bruits. Des filaments de foudre dansèrent sur le corps de Jonesy qui s'effondra comme une masse, la bave aux lèvres, secoué de spasmes.

Newt sentait que sa raison ne tenait plus qu'à un fil. Il espérait que ce serait bientôt terminé. Il murmura :

— Je lui avais dit d'arrêter. Et maintenant, tirez-vous, les gars. Assez discuté. Je suis désolé.

Minho prononça quelques mots que Newt ne comprit pas.

— Tirez-vous, répéta-t-il. Je vous l'ai demandé gentiment. À présent, c'est un ordre. C'est déjà assez dur comme ça. Fichez le camp !

Minho proposa qu'ils sortent tous ensemble. Newt épaula son lanceur et s'avança vers lui.

— Dehors ! Cassez-vous !

Thomas et Minho échangèrent quelques mots à voix basse. Newt bredouilla :

— Je suis désolé. Je… je vais tirer si vous ne partez pas.

Ils se détournèrent enfin, avec une expression de douleur indicible.

Ils l'abandonnaient.

Comme il l'avait exigé.

Il les détesta pour cela.

Tommy. Minho. Brenda. Jorge. Il les vit s'éloigner. Passer la porte.

Newt mit un genou au sol, conscient qu'il n'aurait pas tenu une minute de plus. Il grommela à voix basse, sans s'adresser à personne en particulier :

— Suivez-les. Assurez-vous qu'ils ne reviennent pas.

Puis il s'écroula et de grosses larmes se mirent à couler de ses yeux embués – des larmes qui n'avaient rien à voir avec la folie.

15

Il fallut trois heures à Newt pour que son cœur se remette à battre à un rythme normal, que sa vision floue retrouve sa clarté, que le grondement dans ses oreilles s'apaise enfin. Il avait regagné sa petite cabane au radar et réussi à dormir, quoique sans le moindre souvenir de s'être endormi ou réveillé. Il avait fermé et rouvert les paupières mille fois pour tenter de dissiper le voile blanc qu'il avait devant les yeux. Le bruit s'était dissipé trop lentement pour qu'il s'en aperçoive ; il se rendit compte soudain qu'il ne l'entendait plus.

En revanche, il continuait d'avoir mal au crâne. Ce serait probablement son lot quotidien désormais.

— Newt ?

Il leva les yeux. Keisha le dévisageait avec inquiétude. Elle était probablement là depuis un moment, mais pour autant qu'il s'en souvienne, c'était la première fois qu'il la revoyait depuis l'émeute du matin.

— Ça va mieux ? lui demanda-t-elle. (Dante la rejoignit et Keisha l'agita comme un pantin sous le nez de Newt pour le dérider.) Tu veux essayer de t'asseoir ?

Newt voulut hocher la tête, sans succès. Il voulut parler, ne parvint qu'à grogner. Alors il ramena les mains sous lui, se redressa et s'adossa au mur. Le monde oscilla brièvement avant de se stabiliser. Curieusement, ce mouvement ne lui déclencha pas de nouvelle migraine. Il se sentait mieux. Vraiment mieux.

Keisha et lui échangèrent un long regard, empreint de tristesse pour la journée qui venait de s'écouler et d'appréhension pour celle à venir.

— Tu as envie de parler, ou… non ? finit-elle par demander. On devrait peut-être repousser à plus tard…

— Non ! riposta Newt avec une grimace. Pas question. On ne va rien repousser du tout. On va te ramener auprès des tiens. Demain. J'y tiens encore plus que toi.

Keisha hocha la tête à plusieurs reprises, comme si elle désirait dire quelque chose mais luttait pour contenir ses larmes. Au bout d'un moment, elle avait enfin cessé de lui demander s'il était sûr de vouloir s'embêter à retrouver sa famille. De toute évidence, ce projet la touchait autant qu'il l'effrayait. Lui aussi avait peur ; toutefois, pour une obscure raison, c'était devenu l'unique objectif de sa vie, la seule chose qui l'empêchait de sombrer définitivement.

— Parle-moi de ce qui s'est passé, murmura Keisha. C'était si moche que ça ? Cet imbécile de Jonesy n'est pas fichu d'aligner trois mots. Je n'ai pratiquement rien compris de ce qu'il m'a raconté quand il t'a ramené.

— C'est Jonesy qui m'a ramené ? s'étonna Newt. Je lui ai tiré dessus avec mon lanceur !

— Je sais. Il m'a recommandé de te dire qu'il ne t'en voulait pas, qu'il savait que le coup était parti accidentellement. Ça l'a fait rigoler, en fait. Ce type est hilarant.

Newt émit un bruit qui ressemblait vaguement à un rire.

— Je peux avoir un peu d'eau ? J'ai l'impression d'avoir avalé un seau de poussière.

Il ne précisa pas qu'il n'était pas certain, pour sa part, que le coup soit parti accidentellement. Jonesy l'avait bien mérité pour s'être attaqué à Tommy. Oh, et puis ce gars-là n'était qu'un allié de circonstance, de toute manière.

Ils avaient une vieille cruche à lait pleine d'eau fraîche. Keisha lui en servit un verre. Quand elle le lui tendit, elle répéta :

— C'était si moche que ça ?

Il vida son verre à petites gorgées puis soupira profondément.

— Plutôt, oui, confirma-t-il. J'imagine que ça va être comme ça tout le temps, maintenant. J'ai complètement pété les plombs, Keisha. Complètement. Je ne voyais plus rien, je n'entendais plus rien, je n'arrivais plus à réfléchir. C'est un vrai miracle qu'il n'y ait pas eu de mort.

— Oh, mince, Newt, je suis désolée. Il y a quelque chose qui ne tourne pas rond là-dedans, c'est sûr.

Elle se tapota la tempe.

— Je suis certain que c'est lié au stress. Avec tout le ramdam de ce matin, ces idiots qui s'en sont pris aux gardiens sans raison… Comme si la situation n'était pas assez pénible comme ça. J'avais mal partout, j'étais épuisé, alors je me suis rendu au bowling parce qu'il était fermé. Je pensais souffler cinq minutes avant de revenir ici. Et c'est alors que…

Il ignorait ce qu'elle savait exactement. Même si elle avait compris tout ce que Jonesy lui avait raconté, ce qui n'était manifestement pas le cas, quelle différence cela aurait-il fait ? Personne ne pouvait comprendre ce qu'il avait ressenti dans ce vieux bâtiment délabré. Le choc de revoir ses amis, la douleur de devoir camper sur ses positions et leur demander de partir, la manière dont cela s'était terminé… Le désespoir qu'il avait lu sur le visage de Thomas et de Minho s'était gravé au fer rouge dans son esprit, bien qu'il eût momentanément perdu la tête.

— Newt ? insista Keisha. Raconte-moi ce qui s'est passé au bowling.

— C'est vraiment obligé ?

— Oui, je crois. (Elle lui sourit, et cela raviva en lui de vagues souvenirs de sa mère.) Raconte-moi tout. Tu te sentiras mieux. On appelait ça une thérapie, avant que le monde ne parte en sucette.

— Je suis devenu cinglé, avoua-t-il à voix basse. C'est tout. J'ai perdu la boule en voyant Tommy et Minho. Je… ils étaient… ce serait trop long à raconter. Tu connais déjà une partie de l'histoire. Mais ils étaient tout pour moi. Ils le sont toujours. Cela m'a déchiré le cœur quand j'ai appris que j'avais la Braise, qu'ils étaient immunisés et pas moi. Et pareil quand…

— Ah bon, tu as deux cœurs ?

Newt rit malgré lui.

— Il n'y a pas moyen d'être sérieux une minute ? J'essaie de t'expliquer à quel point je me sens mal, là.

— D'accord, je la boucle. Continue.

Il leva les yeux au plafond et secoua la tête.

— Bref, ça m'a tué de les quitter quand ils sont partis à Denver. Alors oui, même si j'avais eu deux cœurs, ça me les aurait arrachés tous les deux. J'imagine que je devais en avoir trois puisqu'il y en a toujours un qui continue à battre. Et du coup… lorsqu'on m'a dit qu'ils me cherchaient, pire encore, lorsque je les ai vus entrer dans le bowling… j'ai pété les plombs. J'étais tellement furieux que j'avais l'impression de bouillir de l'intérieur, de cracher de la vapeur. Je ne voyais plus rien, je n'entendais plus rien, je n'arrivais plus à aligner deux idées. J'ai perdu le contrôle. (Il se tut, regrettant de ne pas pouvoir mieux décrire la situation.) Comme je te l'ai dit. Je suis devenu cinglé.

— Je suis désolée. Et ensuite ?

Newt changea de position pour soulager un peu son corps meurtri.

— Je ne me souviens plus de grand-chose. Je hurlais comme un malade. Jonesy a voulu jouer les durs, ils ont commencé à se battre. Et moi, je ne comprenais plus rien. Je savais seulement que mes amis devaient partir. Ils ont un truc à accomplir, autrement plus important que moi. Et puis, je ne voulais pas avoir à me demander sans arrêt à quel point c'était dur pour eux de me voir dans cet état. Alors, conclut Newt en haussant les épaules, j'ai fait ce que n'importe qui aurait fait à ma place. J'ai agité mon lanceur comme un idiot, j'ai tiré sur Jonesy, je me suis mis à menacer Minho et tous ceux qui me pompaient l'air. Ensuite, mes nouveaux copains fondus les ont raccompagnés jusqu'à leur berg. Tout s'est déroulé comme je le souhaitais.

Keisha haussa les sourcils.

— Qui n'est pas sérieux, à présent ?

— Au moins, je suis plus drôle que toi.

Elle rit.

— Sans vouloir te vexer, Newt, mon gros orteil a plus d'humour que toi.

Dante émit alors un petit grognement – il était si discret le plus souvent qu'on en venait parfois à oublier sa présence. Il somnolait dans son coin. Keisha le souleva pour le poser sur ses genoux. Elle le serra dans ses bras, longuement, farouchement. Peut-être l'imaginait-elle en train de passer par les mêmes étapes épouvantables que Newt venait de décrire.

— Est-ce que tu regrettes, parfois ? demanda-t-il, à peu près sûr qu'il ferait mieux de s'abstenir.

— Regretter quoi ?

— D'avoir eu des enfants dans ce monde-là.

Son regard lui confirma qu'il aurait mieux fait de s'abstenir, en effet.

— Ne demande jamais ça à une mère, Newt. Tu comprends ce que je te dis ? Dingue ou pas, ce n'est pas une question à poser.

— Pardon. Je voudrais pouvoir effacer toute cette journée.

Ils restèrent silencieux. Newt se dit qu'il ne ferait qu'empirer les choses s'il continuait à s'excuser. Il avait voulu dire qu'il était désolé pour Dante, pour ce qui l'attendait, qu'il comprenait l'angoisse qu'elle devait ressentir quand elle songeait à son avenir. Et à celui de Jackie.

— Tu vas bientôt retrouver ta fille, promit-il pour briser le silence. Et ton frère. Vous serez tous ensemble, c'est quelque chose. Vous avez peut-être un rôle à jouer dans le grand plan de l'univers.

Elle lui retourna un regard dur.

— D'accord, Socrate. Alors pourquoi n'as-tu pas voulu rester avec tes amis, hein ?

Cela lui fit plus mal qu'il n'aurait cru.

— Je t'ai expliqué pourquoi. Ils essaient d'accomplir un truc, et…

On frappa à la porte, brutalement, et leur visiteur entra sans attendre d'y être invité. Newt sentit son pouls s'emballer, mais ce n'était que Jonesy. Cela le rassura, jusqu'à ce qu'il se souvienne qu'il lui avait tiré dessus avec son lanceur.

— Quelle journée ! s'écria l'homme. Non mais je vous jure, quelle journée !

Newt et Keisha le dévisagèrent en se demandant où il voulait en venir.

Il consentit enfin à s'expliquer :

— Tous les Immunes qui bossaient ici ont décampé. Comme ça ! Ils ont discuté cinq minutes et puis ils sont partis. Ils ont ouvert le portail, emporté leurs armes et ils se sont tirés. Sans même refermer derrière eux. J'imagine que notre petite émeute de ce matin et la visite de tes copains leur ont montré à quel point ça craignait de bosser ici.

Puis il éclata de rire, comme s'il était l'homme le plus heureux du monde. Ses cheveux gras s'agitaient à chacun de ses gloussements.

— Tu es sérieux ? lui demanda Keisha. Ça veut dire qu'on peut sortir comme on veut ?

Il se toucha le nez.

— Elle a tout compris, la p'tite dame.

Keisha se tourna vers Newt.

— Je crois qu'il a perdu la boule.

— Venez voir par vous-mêmes ! s'esclaffa Jonesy. Le portail est grand ouvert et tout le monde se barre.

Il sortit sans leur laisser le temps de réagir, sans doute pour partager la bonne nouvelle avec d'autres. Newt, pour sa part, demeurait sceptique.

— Qu'en penses-tu ? demanda-t-il à Keisha, qui ne semblait guère plus enthousiaste que lui.

Elle réfléchit un moment avant de répondre.

— Ce que j'en pense ? À mon avis, c'est mauvais signe quand les gens qui ont des armes s'enfuient devant ceux qui n'en ont pas.

16

L'aube fut longue à venir le lendemain, comme si le soleil faisait la grasse matinée ; le ciel chargé annonçait de la pluie.

Ils avaient décidé de s'offrir une bonne nuit de repos – ou du moins ce qui passait pour tel compte tenu des circonstances – avant d'aborder la journée. D'abord parce qu'ils voulaient profiter au maximum de la lumière du jour. Ils ne tenaient pas à s'aventurer dans les rues au beau milieu de la nuit avec les autres évadés. Ç'aurait été trop dangereux. Même si la plupart d'entre eux étaient déjà partis, Newt préférait leur donner de l'avance, mettre le plus de distance possible entre eux et lui.

Ils sortirent de la petite cabane qui les avait abrités pendant quelques jours et Newt la contempla d'un œil critique. Pourrait-il passer le reste de sa vie dans un endroit pareil, avec un gamin qui ne parlait pas et une jeune femme qui ne faisait qu'exacerber l'absence d'une mère dont il se souvenait à peine ? Même si Keisha et Dante représentaient tout pour lui désormais, rester là jusqu'à ce qu'ils soient tous devenus complètement fous aurait ressemblé à l'enfer sur terre.

— Ils arrivent, annonça Keisha.

Elle avait son sac sur le dos, plein à craquer de provisions et de matériel, comme lui. Assis à ses pieds, Dante regardait approcher la bande de hooligans, l'air de penser : « Vous allez vraiment leur confier nos vies, à *eux* ? »

Jonesy menait les huit fondus crasseux qui arrivaient par le sentier, parfaitement ponctuels, une heure après le lever du soleil. Newt ignorait pourquoi le mot « hooligans » – sans doute un terme par lequel sa mère ou son père désignait la racaille de leur quartier – lui était venu à l'esprit en les voyant mais cela semblait approprié. Il n'avait jamais vu autant de tatouages, de piercings, de bottes en cuir et de vêtements déchirés. Et de toute évidence, les nouveaux venus n'aimaient pas plus se laver que se couper les cheveux. Cela étant, ils étaient prêts à risquer leur vie afin de l'aider à reconduire Keisha auprès des siens. C'était tout ce qui comptait.

— Hé, Newt ! lui lança Jonesy avec un grand sourire édenté. (Il ramena ses cheveux gras en arrière, un geste qu'il affectionnait.) Parés pour la grande aventure ?

Newt acquiesça de la tête, comme l'aurait fait un cowboy dans un vieux western.

— Ça devrait être plutôt calme comme aventure. Avec un peu de chance, on pourra arriver à bon port sans croiser âme qui vive. Keisha dit que c'est à une trentaine de kilomètres.

Jonesy affichait d'ordinaire une expression ahurie, mais l'entrée en matière de Newt parut lui faire reprendre brièvement pied dans la réalité. Comme s'il savait, avec une certitude absolue, qu'ils n'avaient pas la moindre chance de parvenir chez le frère de Keisha sans faire de mauvaises rencontres. Sans incident qui leur laisserait des cicatrices.

— J'espère que tu as raison, dit-il en retrouvant un peu de son insouciance habituelle. Non, je suis sûr que tu as raison. Qui voudrait chercher des noises à une joyeuse bande comme nous ?

Il fit un geste en direction de ses compagnons comme s'il était fier d'être leur chef. C'était peut-être le cas.

Newt s'aperçut, avec une pointe de tristesse qui le surprit, que la petite amie de Jonesy n'était pas là. Il voulut s'inquiéter d'elle, puis se ravisa.

— J'imagine que les Immunes n'ont pas laissé de lanceurs derrière eux ? demanda Keisha. Ç'aurait été rudement aimable de leur part.

— Pas un seul, les bâtards, répondit Jonesy. Mais on est quand même outillés. (Il souleva son tee-shirt pour dévoiler un morceau de verre, entouré de scotch noir à une extrémité, glissé dans sa ceinture.) Je vais tâcher de ne pas me couper les doigts cette fois.

Keisha le toisa de la tête aux pieds.

— Attention à ne pas te couper autre chose de pire. À ta place, j'éviterais de piquer un sprint avec ce truc dans mon pantalon.

La remarque suscita quelques rires.

— Je ferai super gaffe, répliqua Jonesy. Bon, on y va ? Le soleil ne va pas briller toute la journée, vous savez.

— En route, dit Newt. Tirons-nous de ce trou à rats.

— Qui veut porter le petit en premier ? demanda Keisha.

* * *

Tant qu'ils n'auraient pas mis plusieurs kilomètres entre eux et l'Hôtel des Fondus, Newt ne pourrait pas baisser la garde. Il avait sorti son lanceur de son sac et le tenait dans ses bras, chargé, prêt à « joneser » le premier qui se mettrait en travers de leur route, comme Jonesy n'arrêtait pas de le dire en plaisantant. « Tu te rappelles la fois où tu m'as jonesé ? » disait-il. Ou bien : « Je me suis fait joneser par un gamin du Labyrinthe, c'est pas la classe ? » Newt appréciait de plus en plus ce type qu'il avait violemment électrocuté moins de vingt-quatre heures auparavant.

En arrivant au portail qu'ils avaient franchi dans l'autre sens moins d'une semaine plus tôt, il constata qu'il était grand ouvert, ce qui était un bon début. L'un des battants, à moitié sorti de ses gonds, penchait vers l'intérieur. Il n'y avait personne en vue.

— Attention, les gars, prévint Jonesy. Resserrez les rangs autour de Newt et de sa maman. On les garde bien au chaud.

— Ce n'est pas ma..., commença Newt, avant de laisser courir. C'est moi qui tiens le lanceur !

— On s'en fiche. Fais ce qu'on te dit.

Il adressa à Newt un clin d'œil passablement effrayant qui le fit s'interroger sur sa santé mentale. Dire que Jonesy était le chef de leur petite bande... « On fait avec ce qu'on a », se rappela Newt.

Ils s'avancèrent prudemment. Newt s'attendait à tomber dans un piège à tout moment. Ses yeux avaient du mal à s'habituer à la lumière trouble de ce petit matin gris. Apparemment, l'espèce humaine semblait avoir complètement déserté les lieux. En dehors de leur petit groupe, on n'entendait que quelques chants d'oiseaux.

Ils passèrent le portail. Personne ne leur tomba dessus depuis les remparts, personne ne fondit sur eux de la forêt. Ils étaient seuls... en tout cas pour l'instant.

Newt leva les yeux vers le sommet du mur, se rappelant l'écriteau qu'il avait aperçu lors de leur arrivée sans avoir eu le temps de déchiffrer. C'était un simple panneau de bois sur lequel on avait gravé quelques mots avec un clou avant de remplir les sillons avec de la boue.

ICI SONT DES FONDUS, disait l'écriteau.

« N'importe quoi », pensa Newt. Puis il se souvint qu'il en était un, lui aussi, qu'il grossirait bientôt les rangs de ces monstres cannibales dont il avait si peur avant de contracter la Braise. Très bientôt, à en juger par l'incident du bowling. Il frissonna en contemplant l'écriteau. Il avait demandé à Tommy de le tuer pour lui épargner cette torture. Mais Tommy l'avait trahi, semblait-il. Ou peut-être n'avait-il pas encore lu le mot que Newt lui avait laissé dans l'enveloppe ? Possible.

— Hé, Newt, lança Jonesy, interrompant le cours de ses ruminations morbides. Tu nous fais encore une de tes crises, ou quoi ?

Newt pivota vers lui.

— Non, je me disais simplement que cet endroit allait me manquer. C'est dommage de partir aussi vite.

Il suivit le reste du groupe, réprimant son envie de se retourner une dernière fois. « Ainsi s'achève mon bref séjour à l'Hôtel des Fondus », pensa-t-il avec dérision. Il se promit de ne plus jamais y remettre les pieds.

Pas vivant, en tout cas.

17

« Trente kilomètres, ça fait une sacrée trotte, ne cessait de se répéter Newt, surtout quand on n'a aucun moyen d'estimer la distance déjà parcourue ou la vitesse à laquelle on avance. » Puis il pensa à ce que dirait Minho, le plus ancien coureur du Labyrinthe, s'il entendait ses jérémiades. Il le traiterait probablement de tête de pioche et autres épithètes peu flatteuses avant d'éclater d'un grand rire condescendant. Quant à Tommy, il serait probablement de l'avis de Newt, mais marcherait sans se plaindre, comme toujours.

Bon sang, ce que ses amis pouvaient lui manquer !

Le ciel demeura gris pendant tout le trajet. Ils cheminaient en silence, se relayant pour porter Dante, que Keisha ne quittait pas un instant des yeux. La pluie ne se décidait pas à tomber mais l'air était frais, au moins, ce que Newt trouvait plutôt agréable. Son sac lui donnait l'impression de peser une tonne. Ils traversèrent de petits villages et longèrent des routes de campagne sans croiser âme qui vive. Lorsqu'ils se rapprocheraient de la banlieue, les choses risquaient de se compliquer.

Le vent se mit à souffler, dans leur dos, heureusement.

— Tu devrais peut-être vérifier discrètement, murmura Newt à Keisha, profitant que leur escorte avait pris une dizaine de mètres d'avance. Histoire d'être sûrs qu'on n'est pas en train de perdre notre temps.

C'était son tour de porter Dante, lequel s'était endormi sur son épaule et ronflait tranquillement, transpirant comme s'ils traversaient la Terre Brûlée.

Elle lui jeta un regard en coin. Elle avait le même problème que lui : dès qu'ils abordaient la question de leur grand secret – son téléphone portable –, ils réagissaient comme si les autres étaient des super-espions dotés d'une super-ouïe et d'une super-vision. Et ils avaient beaucoup de mal à rester naturels. En réalité, ce genre de téléphone était si rare que personne n'aurait pu les soupçonner d'en posséder un. Mais ils avaient convenu qu'en parler à Jonesy et à ses acolytes serait une erreur monumentale. Ce n'étaient pas des anges, malgré la dévotion qu'ils affichaient envers Newt.

— Je connais le chemin, Newt, répondit Keisha, si bas qu'il l'entendit à peine. J'ai vécu ici toute ma vie, et mon frère aussi. Je ne suis pas idiote.

Newt fit passer Dante sur son autre épaule, priant pour que le gamin se réveille et soulage un peu son dos douloureux. Quel grand frère formidable il faisait. Ou quel oncle… ? Peu importait.

— Ce n'est pas ce que je voulais dire. Mais imagine que ton frère reçoive de la visite à l'improviste et qu'il soit obligé de changer ses plans ? De modifier le lieu de rendez-vous ? Que fera-t-on si on arrive sur place et qu'on ne trouve personne ? Vérifie.

Keisha poussa un gros soupir, sans masquer sa contrariété.

— Je n'ai pas envie, d'accord ? Chaque fois que j'allume cette saleté, je redoute le pire. Sans parler du fait que la batterie est presque à plat.

— Je comprends. (En réalité, il ne voyait pas quel mal il pouvait y avoir à vérifier rapidement, mais il ne tenait pas à ce qu'elle lui explique encore une fois à quel point le fait de l'allumer et de l'éteindre fatiguait la batterie.) C'est juste que je serais rassuré de savoir que le plan est toujours d'actualité. Tu n'as pas regardé depuis hier soir, avant qu'on aille se coucher.

— On dirait un vieux grincheux qui a des hémorroïdes, tu le sais, ça ? Toujours en train de râler, de t'inquiéter, avec l'air constipé en permanence. C'est un vrai miracle que Dante n'ait pas peur de toi.

Son sourire affectueux démentait chacun de ses mots.

Newt tapota le petit garçon dans le dos.

— Il m'adore et tu le sais très bien. Il m'aime peut-être plus que toi. Il me l'a encore dit ce matin.

— Il ne parle pas.

— Ah oui, c'est vrai.

Ils continuèrent à marcher en silence. Au bout d'un moment, n'y tenant plus, Newt revint à la charge :

— Tu ne veux vraiment pas jeter un coup d'œil ? Vite fait ?

Elle soupira longuement.

— Tu me ficheras la paix si je dis oui ?

— Promis juré.

— D'accord. Dis-leur que je vais pisser.

* * *

Quand Newt cria aux autres de s'arrêter, Dante se réveilla en sursaut et roula des yeux affolés.

— Pardon, pardon, murmura Newt en essayant de le balancer doucement comme le faisait Keisha pour le calmer ou l'endormir. Ça va être le moment de te refiler à quelqu'un d'autre, mon bonhomme. Comment tu as fait pour prendre quinze kilos pendant la nuit ?

L'enfant demeura sans réaction, comme d'habitude. Mais il ne pleura pas non plus, ce que Newt considéra comme une victoire.

Quelques minutes plus tard, Keisha ressortit des hautes herbes dans lesquelles elle avait disparu pour consulter son téléphone et satisfaire ses besoins naturels. Elle adressa un petit signe de main à Jonesy pour le remercier d'avoir bien voulu faire une pause, puis rejoignit Newt.

— Tu veux que je le prenne ? lui proposa-t-elle.

— Oui, merci, répondit-il en lui passant son fils. Alors ?

Leur escorte s'était remise en route, en riant à un commentaire de Jonesy sur la petite vessie de Keisha. Cette dernière et Newt suivirent quelques pas en arrière.

— Il y avait un message ? insista Newt, au comble de l'impatience.

Keisha hocha la tête, et le sourire factice qu'elle avait affiché pour Jonesy s'effaça. Newt sentit son pouls s'emballer.

— C'est mauvais ?

— Non, non, pas forcément. N'empêche que ça m'inquiète.

— Pourquoi ? Ça disait quoi ?

Elle lui jeta un regard anxieux.

— Ça disait : « Grouillez-vous ».

* * *

Il leur restait trois heures avant le coucher du soleil.

Ils avaient atteint les faubourgs de la ville, avec leurs zones pavillonnaires, leurs petits commerces et leurs centres commerciaux. Ils apercevaient des gens de loin en loin, qui s'enfuyaient devant eux ou tiraient les rideaux à leur approche. Jusque-là, Newt n'avait encore vu personne qui avait l'air d'un fondu.

— Je n'aurais pas cru dire ça un jour, avoua Jonesy en raclant ce qui ressemblait à de la pâtée pour chiens au fond d'une boîte de conserve, mais je commence à en avoir ras le bol du chili. Surtout du chili froid.

Ils étaient assis en cercle dans un parking, tous les onze ; Dante jouait au milieu d'eux avec une vieille balle de tennis ramassée dans le caniveau. Au bout du parking, il y avait un ancien salon de manucure et un pressing à l'abandon. Leurs fenêtres étaient condamnées par des planches, ce qui paraissait un peu superflu dans la mesure où les portes avaient été arrachées. La pluie menaçait toujours, emprisonnée dans d'épais nuages presque noirs.

— Est-ce qu'il pleuvait, dans le Labyrinthe ? demanda Keisha.

Elle grignotait une barre de céréales, qu'elle semblait mastiquer avec effort.

Newt avala un peu de maïs en boîte pour masquer son étonnement de l'entendre mentionner le Labyrinthe. Du maïs froid en boîte… Il en détestait chaque grain, mais il avait suffisamment faim pour le manger malgré tout.

— Oui, il pleuvait, se souvint-il à contrecœur. On avait un faux ciel, un faux soleil… tout était faux. Je ne sais pas d'où sortait la pluie, l'endroit était bourré de technologie. Des trucs pour le faire paraître plus grand, plus réaliste, créer des illusions d'optique… ce genre de choses. Je n'oublierai jamais le jour où le soleil s'est arrêté. Cette frayeur qu'on a eue. C'était carrément bizarre.

— À quoi ça ressemblait ? voulut savoir l'une des acolytes de Jonesy, une femme que Newt n'avait jamais entendue prononcer un mot jusqu'ici. On raconte toutes sortes de trucs à propos de ce lieu. On parle d'expériences scientifiques, de monstres… Je suis sûre que c'est de la foutaise.

Newt posa sa boîte de maïs devant lui et sa cuillère en plastique à côté. Sa main tremblait.

« Non, non, non, pensa-t-il. Non, non, non. » Voilà que ça le reprenait. Il frissonnait de la tête aux pieds ; un jet de bile lui remonta dans la bouche, et une vive douleur explosa derrière ses globes oculaires, reflua au fond de son crâne puis revint vers l'avant, comme un pendule. Il ferma les yeux, très fort, comme s'il allait pouvoir expulser la douleur en serrant les paupières.

— Newt ? Ça va ? lui demanda Keisha avec sollicitude.

Il hocha le menton, sans rouvrir les yeux. Parler lui était difficile, et il répondit simplement :

— Un banal mal de tête. Je n'ai pas dû boire assez, ou un truc comme ça.

« S'il te plaît, s'il te plaît, s'il te plaît, pensa-t-il. Pas maintenant, la Braise. Laisse-moi d'abord raccompagner Keisha et le petit auprès des leurs. Après, tu pourras me prendre si tu veux. Je serai d'accord pour en finir. »

Il soupira. Qu'était-il en train de faire, implorer un foutu virus ?

Jonesy lui passa une petite bouteille d'eau au capuchon déjà dévissé. Il la vida d'un trait. Puis il inspira et souffla plusieurs fois. La colère, cette même fureur qui s'était emparée de lui dans le bowling, commença à s'insinuer dans sa chair et dans ses os. Sa vision s'obscurcit, au point qu'il préféra refermer les yeux. Il n'avait aucune raison d'être en colère. Pas la moindre.

« Va. T'en. »

Il sentit qu'on lui touchait l'épaule – une main griffue, venimeuse, qui allait sûrement lui entailler la peau et le faire mourir dans d'atroces souffrances. Il la repoussa en hurlant, ouvrit les paupières et vit que c'était seulement Keisha. Loin d'être furieuse ou effrayée, elle fronça les sourcils, et son regard s'emplit de chagrin.

— Pardon, murmura Newt. Je suis désolé.

Elle lui répondit quelque chose, qu'il n'entendit pas. Il avait de nouveau ce grondement assourdissant dans les oreilles, synchrone avec les battements de son cœur.

— Ça va passer, marmonna-t-il.

Puis il s'allongea sur le flanc, se roula en boule, les jambes repliées contre son torse.

Et attendit.

18

À un moment donné, heureusement, son cerveau abandonna la partie et le laissa glisser dans un sommeil profond. Newt s'enfonça dans un néant noir sans rêves, sans souvenirs, dont il émergea avec la sensation que quelques minutes à peine venaient de s'écouler.

Il entendit Keisha prononcer son nom, plusieurs fois et finit par ouvrir les yeux. C'était fini. La douleur, le bruit, le brouillard, disparus. Il se sentait bien.

— Doucement, lui conseilla Keisha. Assieds-toi. Ça va aller.

Elle l'aida à se redresser sur le béton du parking. Il déplia les jambes, s'assit. Il s'attendait à avoir des douleurs, des nausées, mais non.

— J'ai dormi combien de temps ? demanda-t-il.

— Environ une heure. J'ai hésité à te réveiller, mais… le soir va bientôt tomber. Et je sais que tu ne voulais pas qu'on se fasse surprendre dehors par la nuit. Je crois qu'on peut encore être à l'heure au rendez-vous.

Il observa son visage empreint de gentillesse. Comment avait-il fait pour tomber sur quelqu'un comme elle, qui sache aussi bien jouer les grandes sœurs ? Il la connaissait depuis… quoi ? Une semaine ? Et pourtant, il éprouvait pour elle la même tendresse que celle qu'il ressentait à l'égard de sa famille

– sa mère, son père, sa sœur – qui remontait doucement à la surface de sa mémoire.

— Merci, Keisha, murmura-t-il. Vous auriez pu m'abandonner sur place et continuer sans moi. Vous seriez déjà arrivés à l'heure qu'il est. Alors merci.

— N'importe quoi ! lui reprocha-t-elle. Tu as promis de nous emmener là-bas, je n'allais quand même pas blesser ton orgueil de mâle. On a décidé d'attendre et de faire comme si c'était toi notre sauveur.

Il lâcha un petit rire éraillé.

— Personne ne va sauver personne. On est juste en route pour une petite réunion familiale.

— Amen, conclut-elle. Et maintenant, bouge tes fesses et allons-y.

* * *

Une heure plus tard, ils atteignirent un quartier résidentiel dont la plupart des maisons étaient dans un état de délabrement avancé : fenêtres brisées, volets qui ne tenaient plus que par un clou, peintures écaillées, toitures à moitié éventrées… Les arbres non taillés, morts pour la plupart, semblaient indiquer que l'endroit était à l'abandon depuis longtemps. Il devait y avoir plus de dix ans que la mauvaise herbe avait envahi les pelouses.

— Le quartier idéal pour une bicoque de grand-mère, commenta Jonesy.

La grand-mère de Keisha. C'était chez elle qu'ils étaient censés retrouver son frère ainsi que Jackie. À l'entrée du quartier, des murs de briques fendillés portaient encore des panneaux sur lesquels on lisait *Norman Downes*.

Keisha resta plantée là sans bouger, le regard dans le vague. Newt la prit par les épaules et la serra gentiment, avant de pincer la joue de Dante.

— On a réussi, dit-il. On…

Elle le fit taire brutalement.

— Ça va pas, non ? Tu vas nous porter la poisse ! (Elle ferma les yeux se pencha légèrement, le menton en appui sur la petite tête de Dante.) Je n'ose même pas mettre le pied là-dedans. J'ai une trouille bleue.

Newt ne sut que répondre. Il chercha quelque chose à dire, n'importe quoi.

— Tu veux que j'y aille ? Indique-moi quelle est la maison et j'irai m'assurer qu'il y a quelqu'un. J'en ai pour une minute.

Pour toute réponse, elle lui colla Dante dans les bras. Puis elle ôta son sac à dos, le posa par terre et ouvrit sa poche centrale.

— Keisha, non ! chuchota-t-il durement. (Elle venait de sortir son téléphone portable, au vu et au su de Jonesy et des autres.) Qu'est-ce que tu fabriques ?

— Je vérifie une dernière fois, dit-elle d'une voix éteinte. Après, ça n'aura plus d'importance.

— Où as-tu trouvé ça ? demanda une femme du groupe de Jonesy. Je ne savais même pas que ces trucs fonctionnaient encore.

Keisha, qui attendait que l'appareil s'allume, ignora la question.

— Seulement pour certaines personnes. Les gens de la haute et tout ça. On dirait bien que Newt n'est pas la seule célébrité qu'on ait sous la main.

Ces mots, qu'on aurait pu interpréter comme une menace, Jonesy les avait prononcés avec une expression de parfaite innocence. Plusieurs de ses compagnons s'étaient mis à discuter à voix basse, cependant, et cela rendit Newt nerveux.

— Allons vérifier par nous-mêmes, insista-t-il. (Pourquoi ce fichu téléphone prenait-il si longtemps pour s'allumer ?) On est presque arrivés de toute manière. Viens.

Keisha ne lui prêta pas attention. La lueur de son portable finit par éclairer son visage dans le crépuscule.

— Oh, mon Dieu ! souffla-t-elle.

— Quoi ? voulut savoir Newt. Qu'est-ce que ça dit ?

Au lieu de lui répondre, elle s'élança dans la rue qui menait au lotissement, abandonnant son sac à dos, son fils et tout le reste. Newt, d'abord paralysé par la surprise, finit par courir derrière elle, Dante dans les bras.

* * *

Ils dépassèrent des dizaines de maisons à l'abandon aux toits affaissés, sombres, aux fenêtres brisées. Keisha tourna dans une autre rue, puis une autre. Elle s'arrêta enfin devant une maison qui paraissait en bien meilleur état que ses voisines. Des lumières brillaient à l'intérieur, d'où s'échappait le bourdonnement d'un générateur électrique.

Newt rejoignit Keisha et posa Dante le temps de reprendre son souffle.

— Qu'as-tu lu sur ton téléphone ? dit-il en haletant.

Elle se tourna vers lui.

— Ça disait juste : « Le WICKED est là ».

— Le WICKED ?

C'était si inattendu, et ses poumons le brûlaient tellement après l'effort qu'il venait de fournir, qu'il ne ressentit rien de particulier en entendant le nom.

— Qu'est-ce qu'il vient faire ici, bon sang ?

— On ne va pas tarder à le savoir.

Keisha souleva Dante et fit un pas en avant.

Newt la retint par le bras.

— Non ! On doit… Donne-moi une seconde pour réfléchir.

— Ces gens-là détiennent ma fille. Et mon frère. C'est tout réfléchi. (Elle fixa d'un air sévère la main de Newt verrouillée sur son poignet. Il la lâcha ; son bras retomba mollement le long de son corps, comme privé de ses os.) Qu'est-ce que j'ai à perdre ? Toi, en revanche, tu ferais mieux de t'en aller. Sérieusement. Tu as un passif avec eux.

Newt secoua la tête, s'efforçant de rassembler ses idées.

— Je n'étais qu'un sujet témoin. Je ne dois plus avoir aucun intérêt pour eux. Alors pourquoi sont-ils là ?

Keisha soupira.

— Je n'en sais rien, Newt, mais j'y vais.

— Je t'accompagne. Je n'ai rien à perdre, moi non plus. Absolument rien.

— Là-dessus, je ne peux pas te donner tort.

Elle traversa la pelouse en direction de la porte ouverte. Newt lui emboîta le pas. Les trois marches du perron grincèrent sous leur poids. Elle franchit le seuil dans la foulée et pénétra à l'intérieur, avec un courage qui rappela à Newt certaines choses qu'il avait vues dans le Labyrinthe. Malgré la terreur qui lui nouait les entrailles, il la suivit.

Ils passèrent dans un grand salon, avec un coin cuisine au fond. Deux lampes diffusaient un éclairage chaleureux de part et d'autre d'un canapé défoncé sur lequel étaient assis un homme et une petite fille. Derrière eux, vêtus des mêmes armures noires rutilantes que les soldats qui les avaient conduits à l'Hôtel des Fondus, se tenaient deux représentants du WICKED – cette noble institution qui avait enlevé Newt à ses parents et n'avait pas cessé de le maltraiter depuis. Pour éviter le moindre doute, ils arboraient l'écusson du WICKED sur le torse.

— Maman ! s'écria la petite fille en se levant d'un bond.

— Jackie, souffla Keisha.

Elle s'élança à la rencontre de sa fille et la serra fort dans ses bras. Son frère les rejoignit, et les quatre membres de la famille s'étreignirent longuement. Les deux soldats ne semblaient pas pressés d'interrompre ces retrouvailles. Leurs regards étaient plutôt fixés sur Newt à travers leurs visières protectrices.

Ce dernier sentit son cœur se serrer. Ainsi donc, ils étaient là pour lui ? Il aurait dû s'en douter. Mais pourquoi s'embarrasser de Keisha et de sa famille ? Ils auraient pu le récupérer à tout moment. Ne sachant pas quoi dire, il baissa les yeux sur le sol, un peu honteux de penser à lui alors qu'une réunion si émouvante se déroulait sous ses yeux.

Au bout d'une minute, Keisha s'écarta des siens et leva la tête vers les inconnus en armure.

— Que faites-vous dans la maison de ma grand-mère ? leur lança-t-elle. Qu'aviez-vous l'intention de faire de ma fille et de mon frère ?

— Ses amis préparent un mauvais coup, c'est pour ça qu'on est là, expliqua l'un des deux hôtes indésirables d'une voix légèrement déformée par son casque.

L'autre pointa le doigt sur Newt.

— C'est lui qui nous intéresse. (Une voix de femme, aussi rude que les murs du Labyrinthe.) Nous avons des ordres.

19

— Comment ça ? leur demanda Newt. Que se passe-t-il avec mes amis ?

La femme répondit :

— Tu sais très bien ce qu'ils manigancent. Et on aurait pu fermer les yeux, sauf que maintenant ils sont de mèche avec le Bras Droit. Et là, ça ne va plus, Newt. La chancelière Paige a décidé d'y mettre le holà, surtout qu'ils ont réussi à se débarrasser de leurs implants. Heureusement que tu as encore les tiens, pas vrai ?

Même sans le virus, Newt aurait senti la rage monter en lui.

— Qu'est-ce qui ne va pas chez vous ? Pourquoi donnez-vous toujours l'impression de vous *réjouir* de la situation ?

— Nous réjouir ? riposta la femme avec tout le mépris dont elle était capable. Parce que tu crois que ça nous amuse, de perdre notre temps avec des Immunes ? Des Immunes trop égoïstes pour consentir à quelques sacrifices afin de sauver l'espèce humaine ?

Ce fut au tour de Newt de répéter ses paroles.

— Quelques sacrifices ? Facile à dire pour vous.

Il ne savait pas comment il parvenait à conserver son calme, alors qu'il avait envie de hurler. Mais quoi qu'il arrive, il ne voulait surtout pas gâcher les chances de Keisha et des siens. Surtout pas.

— Allez, asseyez-vous sur le canapé, ordonna l'homme. Tous. On va enregistrer un gentil petit message pour tes amis. Et pas de discussion, s'il vous plaît. Je ne suis pas d'humeur.

— Quel genre de message ? voulut savoir Keisha. Quel est le rapport avec nous ?

L'homme haussa les épaules.

— Je n'en sais rien, ma p'tite dame. Écoutez, ne rendez pas les choses plus difficiles, d'accord ? On fait juste notre boulot, et c'est déjà assez pénible comme ça. Évitez de nous mettre en boule, d'accord ?

— D'accord, mais…

Un hululement moqueur l'interrompit, provenant de l'avant de la maison. Il fut suivi d'un autre, puis d'un troisième, venant de l'arrière ceux-là – on les entendait distinctement par la fenêtre brisée de la cuisine. Quels que soient leurs auteurs, ces cris, sifflets et hurlements inarticulés se succédèrent sans faiblir, en une cacophonie sans queue ni tête.

— Voilà autre chose, grommela la soldate du WICKED. C'est un coup des autres fondus, là dehors ? Ceux qui sont venus avec vous ?

— Aucune idée, répondit Newt, sincèrement. (Il espérait qu'il s'agissait de Jonesy et de sa bande, mais comment en être sûr ?) Quel genre de vidéo voulez-vous tourner avec nous ? Si Tommy et les autres…

Un fracas de fin du monde lui coupa la parole ; il lâcha un cri de frayeur et pivota pour en découvrir la source. Un van – énorme, avec une grille épaisse sur la calandre – venait de traverser la façade de la maison en projetant des éclats de verre et des morceaux de bois dans toutes les directions. Tandis que Newt assistait, bouche bée, à cette intrusion explosive, un lit dégringola du plafond dans une pluie de plâtre, rebondit sur le toit du van et glissa sur le côté.

La portière s'ouvrit côté conducteur et un soldat du WICKED en armure noire passa la tête hors de la cabine.

— Montez ! cria-t-il. Il y a une horde de fondus dehors, et encore d'autres qui rappliquent !

Newt prit un coup dans le dos, sec et brutal. Il tomba à genoux et leva les yeux vers une visière noire dans laquelle se reflétait son visage, déformé.

— C'est votre seule chance de vous en sortir sans vous faire tuer, dit la soldate. Grimpez tous à l'arrière, vite !

Son collègue avait couru de l'autre côté du véhicule et ouvert la porte arrière. Il leur fit signe de monter en les encourageant comme des enfants.

— Obéis, dit Keisha, qui semblait anticiper une résistance de la part de Newt et entraînait déjà son frère et sa fille vers l'arrière du van. Vu le bruit, j'ai l'impression que Jonesy a rameuté un tas de nouveaux copains. Amène-toi !

Newt était complètement engourdi ; il ne sentait plus ses membres. Il resta planté là, incapable de bouger, agenouillé sur le sol comme un pénitent. La soldate l'empoigna par le bras, le souleva avec une force surprenante puis le poussa à la suite de Keisha et des autres. Lorsqu'ils furent tous entassés sur la banquette arrière, elle claqua la porte sur eux. L'autre soldat et elle montèrent à l'avant, dans la cabine. Le conducteur enclencha la marche arrière et les fit reculer à travers les débris. Le véhicule cahota en écrasant toutes sortes de choses sous ses roues, et Newt eut le temps d'apercevoir derrière la vitre des visages hirsutes, des bras levés et des yeux fous avant que le van s'engage sur la route. Le moteur rugit, et le véhicule s'élança à toute vitesse vers la sortie du quartier.

« Qu'est-ce qui m'arrive encore ? se dit Newt. Les choses ne pourraient pas se passer normalement pour une fois ? »

Il était collé contre Keisha, qui tenait ses deux enfants sur ses genoux. Son frère n'avait pas décroché un mot depuis leur arrivée ; à présent il regardait dehors d'un air absent, comme s'il avait renoncé à se battre longtemps avant cette dernière péripétie. Keisha ne disait rien, et ses enfants pleuraient en silence. Newt était dans une telle rage qu'il avait l'impression que ses veines allaient éclater, et le virus n'avait probablement pas grand-chose à voir là-dedans. Il tremblait de la tête aux pieds en pensant à tout ce que le WICKED lui avait déjà fait. Cela ne s'arrêterait donc jamais ?

Les trois soldats assis à l'avant lui tournaient le dos. Il y avait sûrement quelque chose à tenter.

Le van pila brusquement, projetant Newt vers l'avant. Il se cogna le nez sur l'un des appui-têtes tandis que Keisha et ses enfants s'écrasaient contre lui. Il jeta un coup d'œil à travers le pare-brise. Un cordon de personnes barraient la rue en se tenant par la main. On aurait dit une guirlande de papier. Jonesy était au centre, les yeux brillants, et affichait une expression extatique.

— Pourquoi tu t'arrêtes ? protesta la soldate.

— À ton avis ? répliqua le conducteur. Il y a des gens sur la route, tu es aveugle ?

— Eh bien, fonce-leur dessus !

Avant que l'autre ne puisse répondre, les vitres des deux portières avant explosèrent avec fracas. Des bras et des mains – bien trop, semblait-il, pour le nombre de corps qui pouvaient tenir dans un espace aussi réduit – se faufilèrent à l'intérieur, déverrouillèrent les portières à tâtons et les ouvrirent en grand. Les soldats se débattirent comme ils le purent mais tous les trois furent traînés dans la rue. La soldate perdit son casque, dévoilant un visage blafard couturé de cicatrices. Elle se mit à hurler quand des ongles griffus lui lacérèrent les joues.

Tous ces gens ne venaient pas de l'Hôtel des Fondus. Il y en avait des dizaines, certains au bout du rouleau, d'autres moins atteints mais tout aussi enragés. Ils se jetèrent sur les trois soldats du WICKED avec une sauvagerie inouïe, une allégresse quasiment primitive. Ils leur arrachèrent leurs vêtements, leurs casques, les réduisirent en bouillie à coups de poing, de barres de fer, de briques ramassées sur le trottoir. Newt demeura pétrifié. Son incrédulité le disputait à la fureur qui s'emparait de lui, la fureur de la Braise, réveillée par cette scène de cauchemar et ces bruits effroyables.

— Newt ! lui cria Keisha.

Il la dévisagea. Il la distinguait à peine à travers les points lumineux qui dansaient dans son champ de vision.

— Quoi ? murmura-t-il.

— J'ai mes gamins sur les bras et mon frère est en état de choc. Mets-toi au volant et sors-nous de là !

En état de choc. Bien que Newt ne sache pas ce que ça voulait dire exactement, il doutait cependant que ce soit pire que la rage dévastatrice qui lui embrasait les nerfs et le cerveau. Ou que le grondement assourdissant qui résonnait de nouveau à ses oreilles, occultant tout le reste. Il s'efforça de refouler ses sensations et de se raccrocher à ce qu'il pouvait. Un fondu se glissa sur le siège avant, et ce fut cela qui le décida enfin à réagir.

Avec un rugissement de fauve, Newt bascula le torse par-dessus le siège avant, saisit le fondu par les épaules et s'en servit comme point d'appui pour passer les jambes. Alors qu'il retombait à côté de lui, il lui envoya en pleine figure un coup de poing peu efficace vu la précarité de son appui.

L'autre se contenta d'émettre un grognement inhumain que Newt entendit à peine. Celui-ci se campa solidement sur le plancher de la cabine, arma le bras pour le frapper une deuxième fois. Le fondu bloqua le coup, tout sourires. Il dit quelque chose – en criant, à en juger par les veines saillantes de son cou – mais Newt, qui avait toujours le grondement dans les oreilles, ne comprit pas un mot. Il sentit des mains l'empoigner par-derrière ; il se retourna et vit qu'une femme entrée du côté passager le tirait par son tee-shirt. Ses cheveux hérissés par l'électricité statique encadraient un visage crasseux avec une énorme balafre sur la joue.

— Newt ! hurla Keisha.

Curieusement, il parvint à l'entendre au milieu de toute cette folie.

Sans réfléchir, il lâcha la bride à sa frustration. Ses jambes se détendirent brusquement et cueillirent la femme à la tempe, tandis que ses mains se posaient sur le visage de l'homme au volant et cherchaient ses yeux. Le fondu tenta de se dégager, de le repousser, mais Newt redoubla d'énergie et poussa sur ses jambes de toutes ses forces. Il sentit des chairs s'écraser sous ses pieds, sentit ses pouces s'enfoncer dans quelque chose de mou et d'humide. Les deux fondus se mirent à hurler en se tenant les joues. Newt éjecta l'homme hors de la cabine, puis roula sur le dos pour se remettre à frapper la femme à coups de pied. Il continua jusqu'à ce qu'elle cède et bascule sur la chaussée.

Enragé, fou furieux, la peau brûlante, les oreilles emplies de ouate et le regard flou, Newt s'assit derrière le volant et enclencha la marche avant. Après quoi, sans se soucier de refermer les portières, il écrasa l'accélérateur.

Les pneus crissèrent, l'arrière du van partit en dérapage, puis le caoutchouc finit par mordre sur le bitume et le véhicule bondit en cahotant. Newt eut vaguement conscience de rouler sur plusieurs corps avant de voir la rue s'éclaircir devant lui.

— Jonesy ! lui cria Keisha depuis la banquette arrière. Et Jonesy ?

Newt l'entendit, tout juste, mais ne ralentit pas. Dans un univers parallèle, il aurait pu éprouver de la pitié ou de la culpabilité à l'idée d'abandonner Jonesy et ses acolytes à leur sort. Il esquissa une grimace en pensant qu'il avait peut-être écrasé l'un d'entre eux dans sa fuite. Mais cela n'avait plus d'importance. Plus aucune. Ils étaient en enfer, et en enfer les choses étaient différentes.

« Keisha », pensa-t-il à travers la brume de folie qui lui obscurcissait le cerveau.

« Tout ce qui compte, c'est Keisha. »

« Dante. »

« Et Jackie. »

Rien d'autre.

20

Newt se dit vaguement qu'ils avaient beaucoup de chance de rouler sur une route à peu près droite, parce qu'il avait à peine conscience de ce qu'il faisait. Il s'obligea à lever le pied sur l'accélérateur et sentit le moteur baisser d'un ton, tandis que le paysage qui défilait de part et d'autre de son champ de vision ralentissait progressivement. Il jeta un coup d'œil dans le rétroviseur, d'instinct, et ne remarqua rien de particulier.

— Newt, tu peux t'arrêter !

Keisha avait beau lui hurler dans les oreilles, il n'entendait guère plus qu'un murmure.

Il écrasa brusquement le frein. Le van stoppa net en le projetant contre le volant. Le cœur battant, il mit l'embrayage au point mort. Depuis l'Effacement que lui avait infligé le WICKED, il n'avait jamais conduit, bien sûr. Toutefois il avait retrouvé assez de souvenirs de sa vie d'avant, pour lui permettre de les emmener loin de la horde de fondus.

La nuit se posa autour d'eux comme un océan de noirceur, comme s'ils s'étaient enfoncés dans les abysses de l'océan. Comme si le soleil avait été projeté d'un coup de l'autre côté de la planète. Newt n'avait aucun souvenir de l'avoir vu se coucher. Et à présent, tout était sombre et silencieux.

— Bravo ! le félicita Keisha en lui donnant une petite tape sur l'épaule.

La tempête qui faisait rage en Newt s'apaisait peu à peu ; il entendait mieux Keisha désormais, il percevait chaque mot distinctement. Elle tendit le bras pour allumer le plafonnier. La lumière repoussa les ténèbres.

— Je ne sais pas comment tu nous as sortis de là, tout à l'heure, j'imagine que c'est parce que tu as complètement perdu la tête. Dieu merci.

Il la dévisagea d'un air incrédule. Il n'en revenait pas qu'elle puisse lui dire quelque chose d'aussi cruel. Elle lui adressa un grand sourire rayonnant, comme on devait en faire avant l'apocalypse, sûrement.

— Je suis fière de toi, lui dit-elle. Vraiment. Je suis très fière de toi.

Il fit de son mieux pour lui sourire en retour. Puis il ferma les yeux et inspira profondément à plusieurs reprises sans dire un mot. Ses nerfs se détendirent, le bourdonnement dans ses oreilles s'estompa, son rythme cardiaque ralentit. Quand il rouvrit les yeux, sa vision avait recouvré sa netteté. Comme si on avait écarté un rideau devant lui et qu'il pouvait de nouveau voir et penser clairement. Une pensée d'une clarté absolue se déversa en lui, aussi limpide qu'un torrent de montagne.

Il soupira. Pourquoi ses décisions devaient-elles toujours lui briser le cœur ?

— Je vais devoir te demander de descendre, dit-il à voix basse.

— Quoi ? fit Keisha.

— Descends de ce van. Je ne peux pas t'emmener avec moi.

« Ne discute pas, s'il te plaît, pensa-t-il. S'il te plaît, s'il te plaît, s'il te plaît. Essaie juste de comprendre. Je suis certain tu peux voir la suite aussi bien que moi. »

— Qu'est-ce qui te prend, bon sang ? s'écria Keisha, visiblement moins furieuse que blessée.

Newt eut honte de lui, honte du soulagement qu'il éprouvait après sa dernière crise de folie déclenchée par la Braise. Il se tourna pour faire face à Keisha.

— On ne peut pas lutter contre ces gens-là, expliqua-t-il en s'efforçant de raisonner logiquement. J'ai l'impression qu'ils ont renoncé à découvrir un remède et qu'ils n'agissent plus que par… dépit, ou quelque chose comme ça. Pour essayer de se prouver qu'ils avaient une raison d'exister.

— Quel est le rapport ?

Jackie, que Newt n'avait encore entendue prononcer qu'un seul mot jusqu'ici – « maman » – serra le cou de sa mère. Dante fit de même, pour ne pas être en reste. Keisha parut à peine s'en apercevoir, comme si ses enfants étaient une extension de son corps.

— Je ne saurais même pas dire si tu es cinglé ou sain d'esprit, là, conclut-elle.

— Pour l'instant ça va, répondit-il sans réussir à sourire. Mais écoute. Ils vont se lancer à nos trousses, et pour ça ils ont deux possibilités : chercher le van, ou me chercher, moi. On sait tous les deux qu'ils n'ont aucun mal à me localiser. Et tu peux parier qu'ils savent à tout moment où se trouve chacun de leurs véhicules. Alors…

Il ne put se résoudre à terminer sa phrase. Elle allait devoir se contenter de cette demi-explication.

Les yeux de Keisha s'embuèrent.

— Newt, je ne veux même pas en discuter. On a traversé l'enfer tous les deux et on s'en est sortis. Je ne vais pas te lâcher maintenant.

Newt s'efforça de refouler sa frustration. Elle ne faisait que lui rendre les choses encore plus difficiles.

— Keisha, vous ramener tous les deux auprès de Jackie… c'est ça qui m'a permis de tenir. Je voulais finir mes jours sur une bonne note. Vous trouverez bien un autre véhicule, ou une maison dans laquelle vous réfugier. J'ai l'impression que la Braise a moins d'effet sur vous. Qui sait ? Vous lui échapperez peut-être.

Keisha allongea le bras et lui tordit l'oreille. Méchamment.

Il poussa un cri de douleur et sentit la colère l'envahir. Il dut faire un gros effort pour se maîtriser.

— Tu veux vraiment m'obliger à te traiter comme un enfant ? gronda-t-elle. Arrête de me prendre pour une idiote. Ça va mal finir pour nous tous, alors autant finir ensemble. Tu veux que je conduise ?

— Pour aller où ? riposta Newt. Où veux-tu qu'on aille, Keisha ? Quand ils me retrouveront, on regrettera de ne pas être déjà consumés par la Braise. Tu le sais aussi bien que moi. Alors, s'il te plaît, prends tes gosses et ton frère à moitié dans le coma et tirez-vous ! Laisse-moi mourir tranquille, sans avoir à me reprocher de vous avoir entraînés avec moi !

Il criait, et s'en voulut pour cela. Mais il fallait qu'ils partent. Qu'ils descendent de ce véhicule, en lui faisant ce cadeau : savoir qu'il avait aidé à réunir une famille avant que la fureur et la folie achèvent d'effacer ce qui restait de sa personnalité.

— Je t'en prie ! rugit-il. Descendez de ce foutu van !

— Newt…, murmura-t-elle.

Il vit à son expression qu'elle ne chercherait plus à discuter. Elle avait compris. Elle savait, avec son instinct de mère, qu'il avait raison. Et elle allait lui faire un autre cadeau – en le laissant partir, ce dont Tommy n'avait pas été capable. Il vit bien à quel point cela lui faisait mal, à quel point ça lui fendait le cœur. Il avait trouvé une deuxième mère, une tante, une sœur…

— Sonya, souffla-t-il, retrouvant ce nom dans les brumes de sa mémoire. Tu me fais penser à ma sœur Sonya. J'ai quelques souvenirs d'elle qui me reviennent. Et c'était le portrait craché de ma mère, par conséquent j'imagine que tu me fais penser aux deux. Peut-être même que c'est pour ça que je me le rappelle. (Il ignorait pourquoi il disait tout cela, en tout cas, cela lui faisait un bien fou.) J'aimerais pouvoir me dire que vous avez une chance de survivre, tous ensemble. Contrairement à ma famille dont je ne sais même pas si elle est saine et sauve. Alors s'il te plaît, va-t'en. Et fais tout ton possible pour sauver Dante et Jackie. C'est la seule chose au monde dont j'aie envie en ce moment. Mais il ne faut pas traîner. Ils ne vont pas tarder à se ramener. J'en suis sûr.

Newt était à deux doigts de fondre en larmes, de brailler comme un bébé et d'enfouir son visage au creux du cou de Keisha, comme ses deux gosses. Il se domina, de la même manière qu'il avait refoulé les assauts de la Braise un peu plus tôt. Bientôt, il n'en serait plus capable. Il pouvait donc tenter ce dernier effort héroïque et faire ce qu'il fallait pour Keisha.

Elle n'eut pas les mêmes scrupules à laisser couler ses larmes. Elle parut chercher ses mots, ouvrant et refermant la bouche plusieurs fois sans rien dire.

— Ne t'en fais pas, lui dit Newt. Je sais exactement à quoi tu penses et ce que tu ressens. Pas besoin de parler. La seule chose qui compte, c'est eux. (Il inclina la tête en direction des enfants.) Jackie et Dante. Rien d'autre. Et j'espère que ton frère va venir avec vous, lui aussi.

Tourné vers la fenêtre, l'homme pleurait sans un bruit, le regard dans le vague. « En état de choc », avait dit Keisha. Newt se demanda ce que le WICKED avait pu lui faire pour le traumatiser à ce point.

Keisha hocha la tête et s'essuya les yeux. Il régnait un silence de mort à l'intérieur du van, que la nuit entourait de toutes parts telle une masse solide. Comme si on les avait enterrés vivants et que la lueur du plafonnier représentait leur dernier lien avec le monde de la surface.

— D'accord, Newt, finit par déclarer Keisha, avec une force qui le revigora. Je vais te laisser. Je vais emmener mes enfants et tâcher d'aider mon frère à aller mieux. On va partir de notre côté.

— Merci, répondit Newt, à la fois triste et soulagé que la question soit réglée.

— Je vais quand même te dire une dernière chose.

Newt acquiesça, réconforté par la sagesse et l'assurance qu'il lisait dans ses yeux. Il partirait avec cette dernière image d'elle gravée dans sa mémoire.

— Voilà, continua-t-elle. À part mes enfants, tu m'as donné plus de force que n'importe qui au monde. Je sais qu'on ne se connaît que depuis quelques jours, mais… (Elle marqua une pause, avala sa salive.) Tu m'as marquée, Newt. Profondément et à jamais. Si Dieu le veut, je survivrai à ce virus et tout ce que j'accomplirai dans ma vie, ce sera grâce à toi. Je t'aime, Newt, et mes enfants grandiront en t'aimant eux aussi.

Il fut dans l'incapacité de dire quoi que ce soit. Quelques larmes coulèrent de ses yeux malgré lui. Il espéra qu'elles exprimaient ce qu'il ne parvenait pas à formuler.

Keisha lui prit la main et l'embrassa avec tendresse, laissant ses lèvres s'attarder quelques secondes.

— Au revoir, Newt.

Elle prit ses enfants, secoua gentiment son frère, et ils sortirent du van tous les quatre par la portière latérale. Quand celle-ci se referma, Newt empoigna le volant, enclencha la marche avant et s'enfonça dans la nuit.

21

Quand l'aube survint, le van s'immobilisa dans un soubresaut. Newt n'avait aucune connaissance en mécanique mais le moteur faisait des bruits bizarres depuis deux heures et quand il se tut enfin, il comprit qu'il ne repartirait plus. Il avait roulé toute la nuit sur une route immense jonchée de voitures à l'abandon, repoussées sur le bas-côté pour la plupart. Le mot « autoroute » lui vint à l'esprit ; sans doute était-ce ainsi qu'on appelait ce genre de route avant l'apocalypse.

Il resta assis là un long moment, au volant de son véhicule en panne, à regarder le soleil se lever au-dessus de Denver. Il avait roulé sans destination précise mais lorsqu'il était tombé sur l'autoroute il avait décidé de prendre la direction de la ville, dont quelques lumières brillaient à l'horizon. Elle étincelait de mille feux à présent. Ses gratte-ciel miroitaient au soleil, et il eut la nostalgie de l'époque où des villes comme celle-ci étaient monnaie courante, où on pouvait y entrer et en sortir comme on voulait.

Heureux. Voilà comment il se sentait.

Il avait perdu son sac à dos et n'avait rien à manger. Il ne lui restait plus rien, en dehors de son journal glissé dans la poche de son pantalon. La Braise lui rongeait le cerveau ; il serait bientôt au bout du rouleau. Son van était mort, il n'avait nulle part où aller, plus personne à qui parler. Il ne reverrait jamais Tommy ni aucun autre de leurs amis, et ses proches, dont il se souvenait désormais, étaient peut-être morts. Il était seul, complètement seul.

Pourtant, un sentiment de plénitude l'envahissait. Cela n'avait aucun sens, cela signifiait probablement que sa folie progressait, néanmoins il l'accepta avec gratitude. Il avait accompli une bonne action. Au fond de lui, il avait la conviction que Keisha devait être immunisée. Elle n'avait manifesté aucun symptôme de la Braise, pas devant lui en tout cas. Et même s'il n'avait joué qu'un rôle modeste, il l'avait aidée à retrouver sa fille et son frère visiblement dérangé. Il allait dire adieu à sa lucidité sur une ultime note d'espoir. Et cela suffisait à le rendre heureux.

Il mit la main dans sa poche et sortit son journal. Même s'il aurait sans doute mieux fait de le confier à Keisha, il était content de pouvoir y ajouter quelques lignes. Pas encore prêt à quitter la sécurité relative du van, il ouvrit le petit carnet, ôta le capuchon de son feutre et se mit à écrire.

Un jour peut-être, quelqu'un découvrirait ce journal et le lirait. Newt voulait témoigner pour la postérité qu'il avait connu le bonheur. Pas uniquement avec Keisha et sa famille. Il avait eu des amis, avec lesquels il avait partagé des rires et des aventures ; des amis qui l'avaient aimé, et qu'il avait aimés en retour. Que pouvait-on demander de plus ?

L'immunité, de quoi manger, une grande maison, un monde qui ne serait pas en proie à l'apocalypse et un quartier avec tous ses proches à proximité ? Oui, ce serait encore mieux. Mais quand même.

« Je suis vraiment en train de perdre la boule », se dit-il, avec un sourire qui le surprit lui-même.

Sortant la langue entre ses dents, il se pencha sur son journal pour y écrire tout cela et d'autres choses encore.

Épilogue

Newt avait une balle dans la tête.

Il ne comprenait pas pourquoi il était encore en vie. Il ne comprenait plus grand-chose. De vagues souvenirs se bousculaient dans son esprit malade, et il avait conscience que sa mort était désormais imminente. L'essence qu'on appelait la vie s'échappait de son corps, non pas goutte à goutte, mais dans une cascade torrentielle.

C'était Tommy qui lui avait tiré dessus.

Emporté par la fureur de la Braise, Newt l'avait forcé à le faire. Il l'avait supplié. Traité de tous les noms. Il le savait parce qu'il en conservait des images, des impressions confuses, comme s'il avait rêvé. Cependant, la douleur qui lui vrillait le crâne et la sensation que tout se diluait autour de lui confirmaient que c'était bien réel. La Braise s'était déchaînée en lui comme jamais, une explosion de folie pure. Elle l'avait quasiment aveuglé, rendu à moitié sourd, submergé d'une rage telle qu'il avait perdu tout contrôle de lui-même, comme si un tyran fou avait pris possession de son âme.

Les détails étaient flous et s'estompaient rapidement.

— Newt.

Une voix de femme. Qui lui parlait doucement à l'oreille. Il pensa aussitôt aux anges, au paradis, et se demanda s'il ne serait pas sur le point d'apprendre une excellente nouvelle à propos de la vie après la mort.

L'ange poursuivit :

— Newt, j'espère que tu m'entends. Je suis désolée, tes signes vitaux dégringolent et nous n'avons pas beaucoup de temps. Nous avons essayé de te sauver, je te le jure. Nous avons tenté tout ce qui était en notre pouvoir.

Il voulut dire quelque chose, comprit qu'il ne parlerait plus jamais. Que lui voulait cette femme ? Qui était-elle ? Pourquoi avait-elle essayé de le sauver ? Malgré ses forces déclinantes, il se souvint de Keisha. De Dante. De Jackie. Il sourit intérieurement.

La voix insista :

— Newt, écoute-moi. Il y a des choses que tu dois savoir. Sonya, ta sœur, est toujours en vie. Je la protégerai, mieux que j'ai su le faire avec toi. Je te le promets.

Newt avait du mal à réfléchir. Ses pensées refusaient de se former de manière cohérente. En revanche, il sentit son cœur se gonfler de joie. Sonya était vivante. Elle était toujours en vie. Son seul regret était qu'il n'aurait plus l'occasion de la revoir, maintenant qu'il se souvenait d'elle.

L'ange lui parla de nouveau :

— Je sais que tu as l'impression d'avoir été moins important que les autres, de n'avoir servi à rien, parce que tu n'étais pas immunisé.

Il entendit des éclats de voix frénétiques auxquels il ne comprit rien, qui se terminèrent par une sorte de gémissement de son interlocutrice.

— Oh, Newt, je suis sincèrement désolée, reprit-elle. Il faut que tu saches que Sonya est immunisée, contrairement à toi ; et comme vous êtes frère et sœur, c'est pour ça que nous avons voulu étudier ton cas, et que nous continuerons à le faire après que… (Elle se racla la gorge.) Il y a forcément un lien quelque part, un indice qui nous aidera à comprendre pourquoi le virus t'a affecté, toi, mais pas elle. Je continuerai à travailler là-dessus jusqu'à mon dernier souffle.

Newt ignorait si la mort se présentait de la même façon pour tout le monde. Pour sa part, il la percevait comme une présence. Alors que son esprit se délitait dans le chaos, il se représenta la Vie comme une bougie et la Mort comme une entité sur le point de l'éteindre. En ce moment même, elle était en train de gonfler ses poumons pour souffler avec toute la puissance de l'univers sur la flamme minuscule qu'était Newt. L'air sortit de la bouche de la Mort et Newt sentit – vit – la lumière faiblir, faiblir, jusqu'à pratiquement disparaître.

L'ange parla une dernière fois.

— J'ai ton journal. Même si ça doit être la dernière chose que je ferai sur cette planète abandonnée de Dieu, je te promets de le faire parvenir à Thomas. Afin que tes amis sachent de quoi tu te souvenais.

« Tommy, eut le temps de penser Newt. Tommy comprendra. »

Puis la lumière s'éteignit.

Ouvrage composé par
PCA – 44400 Rezé

Imprimé en France
par Normandie Roto Impression s.a.s.
61250 Lonrai
N° d'impression : 2102816
S31791/05

MIXTE
Papier issu de
sources responsables
FSC® C003309

L'éditeur de cet ouvrage s'engage dans une démarche
de certification FSC® qui contribue à la préservation
des forêts pour les générations futures.

Pour en savoir plus :
www.editis.com/engagement-rse/

PKJ • www.pocketjeunesse.fr
POCKET JEUNESSE

92, avenue de France – 75013 Paris